COLLECTION FOLIO

Alexandre Vialatte

Le fidèle Berger

Préface
de Ferny Besson

Gallimard

S'il n'a pas atteint de son vivant le grand public qu'il pouvait espérer, Alexandre Vialatte (1901-1971) a toujours eu un cercle de lecteurs fervents et d'admirateurs.

Trois romans suffiraient pour assurer sa survie littéraire : *Battling le Ténébreux* (1928), *Le fidèle Berger* (1942) et *Les fruits du Congo* (1951). Le premier a reçu une bourse Blumenthal, le troisième le Prix international du roman de langue française-Prix Charles Veillon.

Mais Vialatte fut aussi un chroniqueur abondant et régulier. Ses articles, dispersés dans de nombreuses publications et aujourd'hui peu à peu réunis en volumes, sont remarquables par la variété de leurs thèmes et leur style absolument singulier.

Germaniste, Alexandre Vialatte a eu le mérite d'introduire Kafka en France, traduisant dès 1927 *La métamorphose*, et, par la suite, toutes les œuvres majeures du grand écrivain tchèque. Vialatte a été également le traducteur de Nietzsche, Goethe, Thomas Mann, Franz Werfel, Hugo von Hofmannstahl, Emil Ludwig...

PRÉFACE

Parmi tous les textes écrits par Alexandre Vialatte, s'il en est un qui justifie particulièrement l'intérêt d'une préface, c'est bien Le fidèle Berger, *édité pour la première fois au printemps 1943, sous l'appellation de roman.*

Et c'en est un, en effet, à double titre même. A l'époque, on vit là, d'abord, un roman de guerre. « Le meilleur que la guerre ait inspiré », répéta souvent Paulhan. En même temps, roman psychopathologique, tragédie d'un suicide. Ainsi l'avait lu aussi le même Jean Paulhan. Le 10 novembre 1942, enthousiasmé par le manuscrit que venait de lui faire parvenir Vialatte, il lui écrivait, sur une de ces cartes inter-zones si représentatives du temps : « Cher Alex, êtes-vous Goethe ? Je n'en sais trop rien, cela se verra plus tard mais ce que je sais bien : c'est que vous avez écrit Werther. Un Werther où chaque Français se reconnaîtra. Un Werther où se marient, de la façon la plus heureuse mais la plus étonnante du monde, l'influence de Kafka (mais ce pourrait être Pascal) et celle de Pourrat (mais ce pourrait être Jean-Jacques). Enfin, tout va bien, tout m'enchante... »

Histoire de guerre, histoire d'un suicide, certainement. Mais si le roman est si parfaitement réussi, c'est qu'en vérité il n'en est pas un. Tant il est vrai qu'en littérature, les chefs-d'œuvre sont toujours le fruit d'une merveilleuse chimie. Une magie, fondée sur l'authentique. L'expression d'une réalité vécue, sentie, pensée et revécue par un artiste vrai. Un style qui habille une sincérité totale et clairvoyante. Une nécessité d'écrire. Voilà ce qui donne au fidèle Berger *sa force tellement singulière de poésie, d'angoisse et d'émotion. D'espérance aussi, malgré tout. C'est pourquoi il rayonne de chaleur, de tendresse ; pourquoi il suscite à la fois tant d'admiration et tant de sympathie.*

Dans ce prétendu roman, la fiction est donc réduite au minimum. Par pudeur ou par souci inné d'impératifs artistiques, Alexandre Vialatte a changé des noms propres, d'êtres ou de lieux. Il a fait allusion à certains sans du tout les nommer. Mais l'essentiel de l'aventure, tant dans ses caractères majeurs que dans ses petits détails, a été rigoureusement éprouvé, vécu. Le brigadier Vialatte Alexandre, de la classe 21, affecté au 13ᵉ train des équipages, 420ᵉ compagnie, matricule 827 devient dans le livre le brigadier Berger matricule 2404, tringlot lui aussi, « avec le grade le plus humble dans l'arme la plus méprisée ». La jument du brigadier Vialatte s'appelait Braguette ; celle de Berger se nomme Pantalona. L'écrivain avait un fils, Pierre. Le héros du roman a des jumelles, sans nom. De même, les lieux importants sont seulement situés dans l'exacte géographie de la mémoire, non pas nommés. Besançon, c'est « la ville où Berger a passé le baccalauréat ». Le Doubs : « la rivière ». Héliopolis : « le désert ». Brindisi : « le port ». Allusions transparentes. Elles donnent à la relation clinique d'une dépression, d'un délire, des couleurs d'allégorie.

Magie de l'art chez un écrivain-né. A l'automne de 1942, Vialatte est revenu depuis plusieurs mois déjà de la guerre et de l'incroyable défaite, de la captivité, de la mort et de la folie. C'est en février qu'il a été libéré. Un matin, une ambulance l'a fait sortir de l'hôpital psychiatrique Saint-Ylie près de Dole où il était interné depuis le 7 juillet précédent. Saint-Ylie où l'on conduit ses hallucinations — résultat d'excès de fatigue et de douleurs, d'angoisses, d'incompréhension, de déception. Saint-Ylie où il a connu les fous, la salle commune et le cachot, la tentation du suicide ; puis, après s'être coupé les veines du poignet, les grands soins dispensés aux aliénés pour les guérir de leur folie : durant trois mois, la camisole de force et les injections de « la cure de Sakel » répétées deux fois par semaine — « expérience d'agonie consciente » qui se présentait à échéance connue.

Un matin de février, alors qu'il doutait de tout, ne croyait plus ni à une possible évasion ni à une trompeuse libération, on l'a conduit en voiture jusqu'au pont qui enjambe le Doubs. Sa femme Hélène l'attendait sur l'autre rive. Ils ont couru l'un vers l'autre, se sont rejoints au point exact où une ligne fictive délimitait les deux zones. « On aurait dit une scène de cinéma. » Le lendemain, à Saint-Etienne, on délivrait au brigadier Vialatte Alexandre sa fiche de démobilisation.

Mais qui, quand, comment allait-on le délivrer des souvenirs des dix derniers mois et de son actuel malaise de vivre ? Quel remède pourrait le sortir de l'état de perplexité, comme disent les psychiatres, et l'orienter lentement vers la syntonie ? L'esprit qui pendant des semaines de tortures et de solitude a erré dans la confusion des fausses ressemblances et du doute absolu, dans la misère des autres, l'inefficacité de l'entraide fraternelle et les extravagances de l'imagination, l'esprit pareillement éprouvé demeure longtemps hébété.

Au début, Vialatte ne désire que la nature et la solitude. Avec les autres, il se tait. Une méfiance tenace a remplacé son extrême crédulité d'avant la débâcle. En même temps, il souffre de se sentir isolé parmi les siens et de les désoler. Que faire pour se réinsérer dans la vie quotidienne, qu'on dit normale ? Des médecins lui conseillent d'employer toute son énergie à des travaux manuels. Il leur obéit, et s'en trouve bien. Il manie la pioche et la bêche. Peu à peu, il prend même du plaisir à jardiner. Il aide sa sœur Madeleine à faire la lessive, il charrie le coke dans la cave de ses parents, nettoie des poulaillers. Il recommence à nager dans l'eau froide de la Dore. La source mystérieuse de ce vouloir-vivre *qui somnolait au fond de lui recommence à faiblement jaillir. L'espoir renaît : peut-être pourra-t-il reprendre sa vraie tâche, comme la vie l'exige ? Ses meilleurs amis comprennent que le moment est venu pour lui d'exorciser ses souvenirs abominables, en les écrivant. Alex les entend. Il se retire dans un bourg des environs d'Ambert, à Saint-Amant-Roche-Savine. En quarante jours, sans presque rien changer à l'aventure qu'il vient de vivre, il raconte son histoire, en la baptisant* roman. *Il n'hésite que sur le choix du titre :* Khamsin, *le nom égyptien du simoun ? ou bien* Qui-perd-gagne, *la solution, en quelque sorte la « moralité » du jeu téméraire auquel il s'est malgré lui livré ? Humblement, Vialatte opte pour* Le fidèle Berger, *plus symbolique et plus vrai.*

Car dans cette aventure tragique, le rôle le plus important revient en effet à la toute-puissance de la fidélité. Elle résume pour Vialatte ce qui compte le plus dans la vie. Sa racine même et le maître mot de son monde spirituel. Notion absolue, mais vague. Tyrannique, exigeante jusqu'à l'absurdité, elle impose des consignes que la raison ne peut discuter. Même celles que la mémoire exacte a perdues mais qui restent incrustées dans les archives du souvenir. Devenues sacrées, consignes d'honneur. Dans l'esprit éternellement adolescent d'Alexandre Vialatte, une sorte de mystique chevaleresque de la fidélité n'a jamais cessé d'accompagner ses goûts frivoles.

Pendant la guerre de 40 qu'il vit en Alsace, au milieu — selon les saisons — des vignes ou des mares glacées, en compagnie des chevaux qu'il monte ou qu'il brique avec enthousiasme, des braves camarades de régiment, des bons villageois de Novilard et de leurs enfants rieurs, Vialatte ne doute jamais de la victoire de la France. Lorsque s'amorce la déroute, il demeure fidèle à sa certitude insensée. Le long de sa colonne qui bat en retraite, il fait le serre-file à vélo, une rose au casque, gageant encore que la France gagnera malgré tout la partie. Naïvement, il croit au miracle. En juin, il écrit à Hélène : « Cinquante pour cent au moins des ressources françaises sont d'ordre surnaturel. » Le 16, il est fait prisonnier. L'événement le frappe de stupeur.

Il se retrouve dans une longue troupe de soldats qu'il ne connaît pas et qui marchent comme lui sur une route droite, encadrés de sentinelles allemandes. Plus de cheval, plus de vélo. On lui a pris son revolver, son sac, ses lunettes. Que lui est-il arrivé ? Où sont passés ses camarades ? Comment la France en est-elle arrivée là ? Son monde chavire, ses idées titubent. Il souffre des dents, des yeux. Sur un pont, son espiègle jument a fait un écart, le casque en tombant a blessé la pupille. Après cinquante kilomètres de marche, la douleur devient lancinante. Une espèce d'irritation maligne qu'il a rapportée d'Egypte et qu'on nomme « pied d'athlète » ou « pied d'Hercule » ou « maladie du facteur » suinte et s'infecte. Les cicatrices d'une opération récente s'enflamment. Vialatte continue de marcher, mais son esprit commence à divaguer. Il voit des mirages. Des hallucinations le hantent et l'affolent peu à peu. Il s'en rend compte, et pour ne pas perdre pied complètement il s'accroche aux deux certitudes qui l'attachent toujours au monde réel. Elles vont vite devenir idées fixes, se résument en deux formules impérieuses : la première, s'évader. La seconde, cacher à tous qu'il connaît la langue allemande — consigne inutile, dérisoire, autour de laquelle il va pourtant crisper désormais tout son effort. Car, même si la règle du jeu est absurde, on ne peut pas ne pas la respecter. C'est à ce moment de son aventure que l'écrivain fait démarrer son roman. « Ils avaient déjà fait cinquante-neuf kilomètres. Ils devaient en faire soixante-quatorze ce jour-là. »

Sous le masque de Berger, Vialatte revit avec une précision minutieuse tout ce qu'il a amassé dans le grenier de sa mémoire et dont il doit dorénavant se débarrasser. Ses souffrances, appréhensions, angoisses, illusions, et celles de ses pitoyables compagnons d'infortune. Pour mieux tuer ses souvenirs, il ressuscite sensations fugaces et tenaces ruminations. Il n'invente, n'arrange rien. Ni dans l'horrible ni dans le ridicule, il ne triche jamais. C'est ce qui fait la force envoûtante du document.

Seule, indispensable concession du transfert d'un témoignage vécu au roman : la nature de la consigne que tient à observer Berger. Son obsession n'est plus de s'évader et de cacher à tout prix qu'il connaît la langue allemande. C'est de s'évader, tout en restant fidèle à une promesse qu'il fit naguère à son camarade Planier. Quelle promesse ? Il n'en sait plus rien. Qu'importe. Puisqu'il a promis, il doit tenir parole. Se taire, et demeurer follement fidèle jusqu'à en devenir fou. Voire à se tuer. Plus tard, libéré, Berger rencontrera par hasard Planier. Lui-même aura totalement oublié l'objet de ce secret, tant il était insignifiant. Le respect de la règle du jeu prend ainsi dans Le fidèle Berger *une dimension mythique.*

Du point de vue biographique, ce roman renseigne bien plus que tout autre sur la personnalité très singulière d'Alexandre Vialatte. Errant dans le labyrinthe de ses souvenirs, il retrouve ses repères essentiels. Contrastant avec le présent flou et absolument incompréhensible, ils surgissent nettement dessinés, parfaitement éclairés. C'est Ambert, le parfum de la rose des vents qui lance ses enfants curieux vers des Orients rêvés, la salle à manger familiale aux murs recouverts de portraits des grands-oncles figés dans leurs cadres noirs ou dorés. C'est la vache récalcitrante et désolée des internes du collège Blaise-Pascal, les musiques et les éclats de rire de la tante Lucie, une fête de la Saint-Sylvestre à Brindisi ; les attentions des Bons Pères pendant l'année de rhétorique à Notre-Dame-du-Mont-Roland. Ce sont les surprises rhénanes, la fascination des masques et du carnaval, celle de la mer, des ports et des bateaux. La magnificence du désert et l'enchantement des oasis...

Le brigadier Berger, c'est Alexandre Vialatte lui-même, dessiné en une tragique caricature. Avec ses manies, ses scrupules, sa noblesse et ses extravagances. Son éternelle cigarette au bout des doigts, à la pointe de ses nécessités. Avec ses névroses et sa fragilité, ses maladies, mais toujours son étonnante solidité. Sa rigueur et sa fantaisie. L'exactitude de sa mémoire profonde et ses oublis quotidiens. Vialatte, prince de l'humour le plus léger, le plus gai, mais aussi chasseur inquiet d'obscures ténèbres. Professionnellement journaliste, mais constamment hors du temps.

Le fidèle Berger *nous donne la clef du style Vialatte : un spectacle qui toujours surprend, déconcerte, émeut ou éblouit. Amalgame parfait de bizarrerie et de lucidité. D'extrême fantaisie et de discipline. Celle du calcul intégral ou de l'équitation, de la grammaire, de la gymnastique. Mariage heureux des plaisirs de « la fête de vivre » et de ceux qu'inspire la méditation, actes de foi. Et toujours, jusqu'à la fin, cette démarche de fraîche adolescence, animée de vraie gentillesse, de générosité. D'amitié pour « le pauvre bougre ». Tout cela authentiquement vécu dans l'inconscient attentif du malade raisonneur. « Ils me croient fou, pensa Berger. Je ne peux pourtant pas leur dire que quand la vérité devient folle il n'est pas plus fou d'obéir à la consigne extravagante d'un fantôme qu'à des événements illogiques. »*

A partir de là, à partir de cette constatation inouïe mais indiscutable puisque expérimentée, la hiérarchie des valeurs apparaît bien différente de ce qu'on croit raisonnablement. Comment concilier la folie de la sagesse et la sagesse de la folie ? Qui se pose cette question est condamné à vivre dans un état latent de perplexité. S'il l'accepte avec le sourire, s'il est suffisamment doué d'humour et d'esprit, d'agilité, pour traverser le dortoir en marchant sur les mains, les pieds en l'air, il est sauvé.

Tel se retrouve Vialatte après avoir écrit Le fidèle

Berger. *Passé les frontières de ses nostalgies anticipées, il est entré, sans aigreur ni rancune, au poétique pays de la logique de l'absurde. Là où la lucidité prend feu ; où le visionnaire prouve le blanc par le noir, avec une aisance admirable. Car enfin, a conclu Berger, parfaitement honnête et convaincu, « il n'est personne, sage ou fou, qui ne sache très bien qu'il n'est pas fou ».*

Ferny Besson

Pour Hélène,
en souvenir d'un pont,
d'une rivière et d'un jour de neige.

I

Nous sommes partis bien des fois déjà, mais cette fois-ci est la bonne.

Adieu vous tous à qui nous sommes chers, le train qui doit nous prendre n'attend pas ;

Nous avons répété cette scène bien des fois, mais cette fois-ci est la bonne.

Pensiez-vous donc que je ne puis être séparé de vous pour de bon ? Alors vous voyez que ce n'est pas le cas.

Adieu, mère. Pourquoi pleurer comme ceux qui ont une espérance ?

Les choses que nous ne pouvons pas changer ne valent pas une larme de nous.

Ne savez-vous pas que je suis une ombre qui passe, vous-même ombre et apparence ?

Nous ne reviendrons plus vers vous.

Paul Claudel, *Ballade.*

« Je sentirai toujours, dit Berger quelque part dans ses notes presque illisibles, l'odeur de cette cave voûtée. Je n'oublierai pas cette fenêtre grillée, ni cette ampoule bleue à laquelle il fallut demander le secours de la mort, ni le soleil qu'il y avait au-dehors sur les orties et sur les pierres ; ni les cris de la femme au premier, ni les rires des enfants qui étaient pires que ses larmes ; ni les javas d'accordéon qui entouraient ce bain de sang d'une complication de volutes et de dorures, comme un orgue de chevaux de bois. Ni le petit vieillard, juteux comme une limace, qui passait dans la cour torride, avec sa barbiche, sa casquette, sa canne d'aveugle et son veston de jockey. Ni le lit debout, la chaise dessus. Ni les nègres aux têtes enturbannées de pansements ; ni les médecins en cornette blanche... Et l'autre qui repassait constamment, derrière la fenêtre grillée, comme le balancier d'une pendule. »

Suivaient des pages d'apocalypse.

« ... Ni le grand calme qui se fit, ajoute Berger, comme une clairière au milieu du cauchemar, quand je vis ce qu'il fallait faire ; la délibération ; les obstacles à vaincre en préservant toute la logique du raisonnement au sein de la folie qui l'assiégeait de partout et en la poussant jusqu'au bout, comme un bateau dans la tempête, sûr de sombrer, mais qui fait tout ce qu'il faut pour garder le cap en cas de miracle et retrouver, sans y croire, le soleil. Je ne savais pas à ce moment-là qu'il y aurait pire, ni qu'il manquait tant de déserts dans nos atlas. »

Il semble bien que cette scène énigmatique ait été l'un des points culminants du drame. Elle ne s'explique qu'à la lumière d'autres détails qui me sont venus par la suite.

Tout commença par une grande nuit où la colonne défilait sur la route droite, sans armes, sans chevaux, sans cartouches, écrasée moins par la défaite que par une énigme terrible, par une réalité qu'on ne comprenait pas.

Ils étaient tant qu'on ne peut pas dire un chiffre.

Ils avaient déjà fait cinquante-neuf kilomètres. Ils devaient en faire soixante-quatorze ce jour-là.

Ils n'avaient pas mangé de deux jours, sauf un œuf cru qu'un paysan avait donné à Duhourceaux, le brigadier mitrailleur, un petit Limousin, sabotier de son métier, qui ressemblait avec son profil aquilin, sa moustache brune et ses yeux de châtaigne, à un soldat de 1912. Il avait partagé cet œuf avec Berger.

L'avant-veille, ils avaient échangé l'adresse de leurs familles, pour le cas où il arriverait malheur à l'un des deux et où l'autre en réchapperait.

C'était sur le siège d'une voiture. Et la chose n'était pas normale, car ils auraient dû être à cheval, et séparés, chacun avec sa rame. Jusqu'au dernier moment compris, la discipline avait été scrupuleusement respectée. Il fallait donc, pour expliquer l'anomalie, qu'un événement particulier, inhabituel, se fût produit. Lequel ? Un jour, la mitrailleuse était tombée du haut d'une route en talus, cheval, voiture et tout. Berger revoyait encore la bête qui se débattait au milieu de son attelage en agitant ses pattes dans le vide, comme un hanneton sur le dos. Mais ce n'était pas suffisant pour tout expliquer.

Berger, dans sa mémoire qui ne fonctionnait plus bien, surtout depuis le cinquantième kilomètre, après les insomnies, la faim et la fatigue, s'épuisait vainement à chercher ce détail qui le fuyait comme un papillon chaque fois qu'il s'en rapprochait avec des ruses et des combinaisons nouvelles. La ligne des choses passées, qu'on lit comme un trait d'ordinaire, ne subsistait plus dans sa tête qu'à la façon d'un pointillé.

La dernière nuit, il s'en souvenait, ils l'avaient passée sous la pluie, étendus sur un pré qui était déjà mouillé. Ses pieds malades et sa fatigue l'empêchaient d'essayer de s'évader dans ce noir ; c'était une chose à ne pas rater par précipitation maladroite ; et surtout il ne croyait pas à ce qui venait de se produire : il n'avait pas encore compris qu'ils étaient pris et se figurait vivre en rêve.

Il était reparti le matin, encore plus épuisé que la veille, avec quelques douleurs de plus dans le front, la nuque, les oreilles, les dents, les cuisses, les épaules et les reins. Depuis ils marchaient sans étape, sauf une, aux environs de quatre heures peut-être, et sans aucune nourriture. A l'étape il avait léché l'eau d'un ruisseau.

Une rage de dents le travaillait ferme. Un ongle incarné, récemment opéré, l'obligeait à boiter. Son soulier gauche, depuis toujours, était trop court. A cheval ça allait encore. A pied c'était plus ennuyeux, surtout avec du cuir humide et rétréci. Il avait ramené d'Afrique — du sable, de l'eau et du soleil probablement — une espèce de lèpre entre les doigts de pied, accompagnée de suintements et de crevasses que la chaleur rendait intolérable avec des chaussettes de laine. Ses yeux le brûlaient. Il avait laissé ses lunettes dans son sac, et le sac était dans des voitures, loin d'eux. Et dans sa tête, enfin, il y avait de tout. Outre les douleurs entre les yeux, il éprouvait une souffrance sourde, qu'il ne pouvait localiser. Il ne songeait pas à s'en plaindre ; on ne se plaint pas d'un mal qu'on ne sait pas désigner. Mais il lui semblait être ailleurs. Il entendait mal ce qu'on disait. Il y avait une espèce de feutre autour de lui. Et ses yeux déformaient les choses.

Les tableaux se défaisaient devant lui, se recomposaient un instant, atteignaient une seconde une forme intelligible ; mais ensuite une douleur aiguë les désagrégeait d'un seul coup. Ses pieds, ses jambes, étaient gonflés. Quand il était parti il soignait de l'albumine. C'était peut-être ça ?

Et puis ce n'était pas d'aujourd'hui ! Cela lui arrivait fréquemment à la chaleur, ou avec la fatigue. Le reste aussi d'ailleurs, mais moins fort. Et puis tout ça importait peu. C'était même, moralement, une petite satisfaction de n'avoir pas à s'embarrasser de trouver le temps de faire soigner des dents, des pieds et tout le reste.

Tant que ça durerait, ça durerait comme ça pourrait. Après, ça se soignerait en bloc si on pouvait.

Au soixantième kilomètre il sentit quelque chose, en lui, qui se cassait, comme une corde de violon trop tendue. Ce n'était plus lui qui marchait, mais un autre, il ne savait qui.

Au soixante-cinquième kilomètre, il vit de l'eau qui traversait la route, mordorée, pailletée, clapotante, couleur de pierre d'aventurine, comme les ruisseaux de son pays, avec des parties plus dorées sur les lits de sable peu profonds, plus vertes ailleurs et noires sous les branchages. Il arrêta ses deux voisins :

— Vous ne voyez donc pas l'eau ?

— Quelle eau ?

Ils avaient les pieds dedans, et ils demandaient quelle eau !

— Celle-là, tiens !

— Celle-là ?... Où, celle-là ?... Tu as des visions ?

— Tu ne vas pas me dire qu'il n'y en a pas ?

Le camarade haussa les épaules. Après tout, Berger s'en moquait. Mais pourquoi ne pas passer en marchant sur les pierres qui dépassaient le niveau de ce ruisseau ? Savoir tout ce qu'on aurait encore à demander aux godillots ! Sans compter celui de gauche, l'animal, qui était déjà deux fois trop court et qui rétrécissait sans cesse.

— Pas d'importance, pensa Berger.

Mais il fut étonné de ne plus voir cette eau. A mesure qu'il la franchissait elle se retirait sur la droite. On traversait comme les Hébreux dans la mer Rouge.

Il la retrouva un peu plus loin. Cette fois il n'osa plus rien dire. On ne savait plus bien ce qui était vrai.

Il alluma une nouvelle cigarette. Ça faisait combien depuis le matin ? Peut-être quatre-vingts, peut-être cent ! Ça trompe la faim. Mais il avait de plus en plus mal à la tête.

La nuit était tombée. Quand ? Il ne savait pas. Il ne savait plus, non plus, maintenant, depuis quand on marchait sur cette route. Depuis toujours ? Depuis la veille ? Depuis cinq minutes ? Où était sa grande saleté de jument, Pantalona ? Il l'aimait, avec des rancunes. Où l'avait-on fourrée ? Depuis quand ne l'avait-il plus ? Et sa cravache ? Dans son sac, comme ses lunettes. Et les sacs ? Au diable, dans des voitures. Et les copains ? Où ça s'était trouvé. On avait dû s'aligner à l'endroit où on se tenait au moment du rassemblement et il était allé voir sur la route ce qui se passait à l'horizon. Il avait cherché dans le voisinage. Il n'avait pas vu de tête connue. Et il avait fallu s'aligner tout de suite. Pourtant il y avait eu, près de lui, Duhourceaux. Où était-il passé ? Il ne le voyait plus. D'ailleurs c'était peut-être bien la veille ?... Il renonçait à comprendre quoi que ce fût.

Il recommençait son bilan : le pré mouillé ; et d'un, c'était acquis ; l'œuf, ça on ne pouvait plus savoir (peut-être l'avant-veille ?) ; Pantalona... mystère... ; la mer Rouge... quelle mer Rouge ? la vraie ? ou autre chose qu'il ne pouvait plus savoir ? Ah oui ! de l'eau, de l'eau sur la route. Mais où ? Mais quand ? Des lambeaux de vieux souvenirs venaient se mêler aux choses présentes, au dos des hommes qui le précédaient. Le proviseur d'un lycée d'Egypte, qu'il aimait, appelé sans doute par la « mer Rouge », passa, diaphane, au bord de la route, et traversa une borne Michelin. Les arbres, les poteaux se plantaient dans des bouts de film qui revenaient tout à coup en pagaille. Ma femme, mes filles... Ah ! non, surtout ! Pas ça ! Ce n'était pas le moment de s'attendrir ! Ma mère...

Il grogna :

— Cent fois m... !

Puis il eut honte d'une réaction aussi vulgaire. Ce qu'on ne peut changer ne vaut pas un juron. Et qui était-il pour exiger ? Et de quoi se serait-on plaint ? Etre fait prisonnier n'est pas une grosse malchance ! On s'évade ! Mais ses camarades où étaient-ils ? Il aurait bien dû les emmener ! Les emmener où ? On aurait vu !... Mais pourquoi ne l'avait-il pas fait ? Ce n'était pas chic ! C'était même une honte ! Cette idée l'accabla. Il se demandait : « Pourquoi ? Pourquoi ? » Il se rappela. Ah si ! Il avait voulu le faire. Mais à ce moment, c'eût été déserter puisqu'on n'était pas encore pris effectivement. Toute l'armée avait dû se rendre ? Le capitaine avait sans doute reçu des ordres ? Qui commandait ? Un capitaine ? Un commandant ? On était escadron d'une part, compagnie de l'autre. C'était contradictoire ? Oui ? Non ? Mais non ! Mais si ! Si les hommes s'en allaient, si le capitaine ne livrait pas son compte et qu'il eût donné sa parole, il risquait peut-être d'être fusillé ? Etait-ce évasion ou désertion ? De toute façon, jusqu'au dernier moment on se devait d'exécuter les ordres.

— Et en avant, exécutons, pensa Berger. Mais si on marche encore comme ça pendant une heure, on en crèvera.

Encore le pied, encore la dent, encore la tête. Encore les yeux, encore la tête, encore la tête, encore la tête, encore la dent, encore le soulier gauche... Ça pouvait se rythmer sur le battement du tambour :

Si vous en voulez nous en avons, nous en avons,
Des grrrand's gamell's, des p'tit's portions,
Nom de nom, nom de nom, nom de nom,
Nous en avons, nous en avons, nous en avons.

et ça aidait à avancer.

— On est en train de battre un record, pensa Berger. A mon âge et avec deux filles, c'est puéril! Puis il se rappela que ce n'était pas pour son plaisir.

Des souvenirs incohérents revinrent encore dans sa tête remuer ensemble leurs mille morceaux déchirés comme un arbre qui secoue ses feuilles après la grêle. Une grosse manchette d'un journal à sensation, dans cette espèce de platane, proclamait en grands caractères : « Lapébie a dit : " Il fait chaud "... »

— Lapébie comprenait les choses, pensa Berger. Il essayait de maintenir son esprit au niveau de sujets vulgaires et quotidiens pour ne pas tomber dans un attendrissement idiot ou dans un sublime inutile. Il n'y a rien de si dangereux, quand l'effort de la pensée doit se réduire à ne pas compliquer la tâche d'un corps fiévreux déjà au-delà de la soif et de la faim, que d'aborder les grands sujets et de se donner des sentiments violents qui viennent rompre l'automatisme. Il se rappela un professeur qui lui disait en 1916 : « On avançait parce qu'il n'y avait pas de raison de ne pas faire un pas de plus. » C'était ça. Cette question de limite l'amena au problème du chauve : « On n'est pas chauve parce qu'on perd un cheveu. » Si bien qu'à condition de les perdre un par un personne ne deviendrait jamais chauve? Il se donna du travail sur ce problème fatigant.

Il dut cesser à force de maux de tête. Ce fut à ce moment-là — pourquoi ça ? pourquoi l'eau qu'il avait vue précédemment ? pourquoi autre chose ? —, ce fut à ce moment-là qu'il vit les bras de Planier sur un fond de céramique luisante, et que le personnage de Planier vint s'insérer dans ses souvenirs, au moment de la pire fatigue, pour ainsi dire au défaut de la cuirasse, avec une précision aiguë. Il le vit (comme son voisin de gauche, comme celui de droite, comme ceux qui étaient devant), il le vit de trois quarts, baissé, lavant ses mains dans le lavabo d'un café et essuyant ses bras bronzés avec une serviette humide qu'il hésitait une seconde à employer. Il faisait signe à Berger de se taire.

Et puis d'autres choses passèrent là-dessus, n'importe quoi, le Vésuve, un barman qui secouait un cocktail, une rue de province avec un étalage de bonbons collés par la chaleur, une cabane de cygnes au milieu d'une vasque, dans un jardin public, et un petit canard de Barbarie qui agitait ses plumes sur la boue desséchée de cette vasque presque vide. Un arbre se dressait au coin d'une grille bleue avec des pointes en fer de lance.

Et il y avait écrit « Sumac », en grosses lettres, sur une banderole ; c'était là un mot que Berger avait appris très tard — et l'arbre n'était pas un sumac, mais un arbre tout différent, avec des fleurs à pompons jaunes qui rappelaient le mimosa.

Devant ses yeux, le paysage, un dos de voiture et quelques dos de soldats, se déchirait verticalement et se reformait par tourbillons qui se juxtaposaient un moment, juste le temps de former une image nette, et recommençaient à se désagréger tout de suite, suivant le même processus.

A ce moment-là, Berger eut tellement mal qu'il

résolut de s'évader immédiatement. Il faisait nuit. Il n'y avait pas de gardien visible. Ce fut ce qui le retint. S'il en avait vu un, il se serait arrangé pour le laisser passer et essayer de filer par-derrière. Ne voyant rien, et se sentant incapable de courir, il se dit qu'il tomberait sûrement entre les jambes du premier qui passerait. Il fallait se réserver pour une occasion sûre, avec des précisions, des forces réparées. Si les autres, dont beaucoup avaient l'air mieux en point, ne risquaient pas cette aventure, c'est qu'il y avait quelque chose qu'il ne connaissait pas qui s'opposait à priori à l'expérience. Dans l'état où il se trouvait il ne se fiait plus à sa tête. Et les copains n'étaient pas là. D'abord dormir, d'abord manger, soigner ses pieds. Surtout voir clair.

Ses chaussettes de laine qui se collaient à des espèces d'eczémas et de suintements dans les crevasses de ses orteils, pétris par ces souliers trop étroits et brûlants, avec les chevilles gonflées serrées par la chaussure et les lacets de cuir qui s'imprimaient là-dedans, composaient une vraie misère. Sans compter l'ampoule du talon droit, l'ongle mal repoussé de l'orteil qui saignait et collait aussi la chaussette, et les ongles des petits orteils comprimés qui s'enfonçaient dans l'orteil voisin. Une bouillie.

— Et en avant, pensa Berger, on bat des records.

Il s'exclama :

— Quelle rigolade !

Il regrettait l'absence de Duhourceaux.

Mais le pire était réservé pour le soixante-treizième kilomètre.

Le bruit avait couru qu'on approchait d'une ville où il avait passé autrefois le bachot. Deux jours avant, ils étaient en Alsace.

Il revoyait la ville — réelle ? ou déformée ? — avec ses tours, ses remparts noirs, ses casernes et ses prisons, ses artilleurs, ses forts ; une ville sombre et dure. Pourtant il y avait une promenade, avec des arbres, et une rivière verte et rapide qui introduisaient la botanique et la nature dans cette pierraille. Il avait failli se noyer avec des camarades dans un barrage de la rivière. L'une des barques, emportée, l'avait franchi. Le petit de Bars s'était jeté dedans, plus sûr d'en sortir à la nage. Quant au canot de Berger, un nègre qui gardait la baignade militaire était venu le chercher dans une embarcation. Berger le voyait encore, immense, avec ses manches retroussées, ses bras noirs et ses rames agiles.

Berger avait attrapé le fil de fer qui limitait sur l'eau il ne savait plus quoi, et avait maintenu la barque en attendant son arrivée. Finalement tous s'en étaient tirés. Comme au bachot, où il avait eu peur à cause de la question de physique.

L'examinateur, à l'oral, lui avait dit : « Monsieur, vous devez beaucoup à la philosophie ; elle est en droit de se montrer exigeante avec vous. »

C'était le moment ou jamais de se rappeler les droits de la philosophie !

Berger ne croyait plus ce qui se passait. Cette ville, cette ville de France qu'il n'avait rencontrée que pour y tomber dans le barrage d'une rivière ou d'un examen, pour échapper à la noyade ou aux embûches du baccalauréat, cette ville qui n'existait que pour lui tendre des pièges l'attendait une troisième fois, et c'était pour le faire prisonnier. Etait-ce de bon ou de mauvais augure ? Etait-ce à dire que, cette fois encore, il échapperait au destin qui le guettait dans cette ville obstinée ?

Tout cela était invraisemblable et puéril. Il ne pouvait pas être vrai qu'il eût quitté l'Afrique il n'y avait pas douze mois pour rencontrer une guerre mondiale et se laisser emprisonner dans une ville où on ne va que pour passer le « bachot ». En pleine France ! Tout cela était fou !

Il chercha à se raccrocher à des réalités que lui offrit le souvenir au gré d'une mémoire bégayante. Il n'en tira que des choses atroces, contre-indiquées : une image de calendrier affreusement sentimentale avec une jeune fille au piano, et dans l'image c'était sa femme qui avait pris la place de la jeune fille.

Imagination de midinette. Il vit aussi ses deux jumelles en train de chercher dans un placard la bosse de la fée Carabosse, qu'elles avaient égarée, pour un déguisement. Elles avaient attaché par la queue une vieille peau de panthère à l'ampoule électrique et avaient l'air de se sentir en faute en voyant arriver leur père. Une odeur de vanille venait de la cuisine. Le soir tombait et, par la fenêtre ouverte, Berger voyait sa femme passer sur une place ornée d'une grande fontaine en pierre d'où quatre têtes de dieux barbus crachaient frivolement par des tuyaux de fer quatre jets d'eau vers les points cardinaux. Un piano désolé épelait dans le crépuscule les « Exercices de Hanon ». Un facteur se grattait la tête et les dieux grecs gonflaient leurs joues. Ensuite ce fut Planier qui revint avec ses bras mousseux et sa serviette humide.

On approchait de la ville. D'énormes projecteurs trouèrent soudain l'obscurité et découpèrent dans la nuit deux cônes d'or dont la section fit sur la route d'immenses ellipses dans lesquelles il vit fourmiller la colonne comme ces grouillements de microbes que le microscope révèle dans le rond d'une goutte d'eau.

Berger put embrasser d'un coup ce panorama d'hommes traqués ; sur le talus, sous des platanes, aux avant-scènes, dans une lumière de théâtre qui faisait attendre un grand air d'opéra, deux militaires allemands en capote, en casquette plate, se tenaient debout, et, à côté d'eux, avec eux, deux femmes luisantes, fardées et harnachées, peut-être même — oui — souriantes : « l'ut de poitrine », pensa Berger. Rien ne prouvait que ce ne fussent pas des Françaises...

Il sentit quelque chose basculer dans sa tête. Un autre homme prit place dans sa peau.

Il y a des corps qu'on appelle isomères ; ainsi le charbon et le diamant ; ils ont la même formule chimique et ne sont pourtant pas identiques. Berger sentit avec une espèce de stupeur qu'il n'était plus qu'un isomère de lui-même.

Le geste de Planier, qu'il revoyait encore au moment où les projecteurs avaient stupéfait sa substance, figea son image dans son âme comme la dernière vision du monde se fige sur la rétine des morts. Ce fragment de souvenir prit soudain toute la place.

Tout était perdu, tout, la guerre, la France, et jusqu'à la pitié des femmes pour des vaincus qui avaient pourtant fait leur métier !

Il n'y avait plus rien à sauver. Dans sa tête ravagée de fatigue Berger ne put rien trouver qui valût un seul geste. Que pouvait-on lui prendre encore ? Les pleurs des femmes ? Ce n'était plus à faire ! C'étaient les femmes elles-mêmes qui y avaient renoncé ! Que pouvait-on lui ravir encore de ses richesses immatérielles ? Il lui restait le secret de Planier, que personne ne cherchait à connaître. Il assuma la tâche incohérente de sauver le secret de Planier, comme un enfant qui sauve une poupée de l'incendie.

Il entendait au fond de sa peau la France se déchirer tout du long, tout du long, avec un bruit d'étoffe qui craque.

— Vaincu ou pas, se dit-il, malade ou bien portant, je suis le brigadier Berger de l'armée française, matricule 2404. Et ça reste un honneur quand même, pour des hommes qui ont fait leur métier ! Et ça on ne pourra pas me le prendre !

Il regarda sa plaque d'identité, afin d'être plus sûr de la chose.

Il ralluma une cigarette, serra les dents un peu plus fort et sentit qu'il devenait fou.

Ce fut ainsi qu'il entra dans la ville, et de la ville dans l'enceinte où l'on parqua les vaincus.

Il y a des destinées de grand luxe et des destinées de tous les jours. C'est une source de méprises. Il y en a même peut-être bien plusieurs par homme, qui se battent entre elles ou qui font bon ménage. Nous sommes tellement habitués à les voir en petite tenue que nous hésitons à les reconnaître quand elles viennent à nous en robe d'apparat ; nous nous trouvons embarrassés comme un profane qui s'égare à la cour d'un roi. Il arrive aussi qu'elles se griment ; elles savent prendre des masques, brouiller les traces, effacer leurs empreintes, présenter de faux papiers, mettre des gants de voleur : nous les croyons et elles nous dupent. Elles mettent parfois des robes si simples, elles se présentent si anonymes ou familières que nous ne les reconnaissons pas ou ne les voyons plus. Quand elles changent de costume nous croyons qu'elles se trompent d'adresse ; nous ne pensons pas qu'elles viennent pour nous ; nous refusons de recevoir leurs lettres de créance, nous répondons à faux à leurs invitations, nous nous engageons avec elles dans des malentendus dont elles se vengent un jour. Si elles se drapent d'un suaire ou s'arment d'un couteau, nous les renvoyons en riant à l'imagination de quelque feuilletoniste.

Si elles changent entre elles nous ne comprenons plus. Ce sont des actrices et des caméléons, des magiciennes et des voleuses. Elles savent forcer la carte, piper les dés, prendre un manteau couleur du temps. Elles nous mettent des bandeaux sur les yeux, nous égarent dans des labyrinthes. Pour déjouer leurs artifices il faudrait posséder l'épée d'un enchanteur ou la parfaite simplicité d'un cœur candide. Berger vit tour à tour la sienne sous tant de costumes qu'il s'y perdit.

Comment aurait-il pu se douter qu'il l'avait rencontrée un soir de vacances à Paris, au lavabo d'un café à la mode et qu'un détail perdu de sa vie, un bout de conversation avec un camarade, prendrait soudain tant d'importance dans son âme, tant d'empire sur son cerveau et tant de place dans son existence ? Qu'il lui devrait tour à tour la mort, la vie, l'enfer et la folie ? et que tout ça s'en irait en fumée, comme une vision, pour le laisser la tête tournante sur un trottoir, cassé, aveugle et tâtonnant, au milieu d'un monde inconnu, passé le pont d'un château hanté qui s'évanouit dans la brume ?

Il lui semblait depuis sa rencontre avec les femmes sous le projecteur, qu'il était cassé dans son âme et que son esprit basculait. C'était dans la fêlure toute fraîche que le souvenir de Planier était venu, au moment le plus propice, se ficher comme un coin et empêcher la soudure. Il ne s'en remit pas.

Cette nuit-là, dans la voiture où il essaya de dormir, Planier revint, comme sur la route, avec le geste d'une consigne, un air de dire : « N'en parle pas. »

Berger se battait contre cette ombre. Le froid, les planches trop dures pour son corps fatigué, sa tête malade, ses pieds brûlants, la faim, la soif, la volonté de ne pas céder à un destin qu'il repoussait de toutes ses forces, le gardaient éveillé malgré lui. Planier en profitait et revenait insidieusement dans la voiture où il s'asseyait en tailleur, enchevêtré dans son ombre portée qui se démenait sur les parois et sur les bâches avec des bras démesurés, si bien qu'il avait l'air de se battre contre son ombre, comme Laocoon repoussant les serpents dans ce tableau du grand-oncle Jérôme qui avait hanté l'enfance de Berger.

Berger avait eu ce spectacle gratuit en face de lui à tous les repas dans la salle à manger de la maison paternelle. C'était un grand dessin, fait au crayon Conté, qui reproduisait le fameux groupe antique, une orgie de bras, de biceps, de cuisses, de pectoraux, de spirales, de muscles courbes chez les hommes, de courbes musclées chez les serpents, un tel fouillis de membres et de spires qu'on eût dit un paquet de ficelles convulsives impossibles à dénouer ; elles portaient un tampon violet de l'Ecole polytechnique, en haut à droite, et, de l'autre côté, la note 19 ; cette note avait dû procurer tant d'orgueil au père de l'oncle Jérôme qu'il avait fait encadrer le dessin dans un bois à filet d'or qui sentait le tiroir de nos grand-tantes.

Planier, enveloppé de ce souvenir d'enfance, se prolongeait autour de lui-même, dans la voiture où il se tenait accroupi, par un étoilement de tentacules feutrées qui évoquaient la pieuvre ou l'araignée et ventousaient silencieusement, au moindre frisson de la bâche, le corps d'un artilleur étendu dans le fond.

Il souriait sans s'expliquer, d'une façon exaspérante. Berger aurait voulu lui arracher un mot. Mais Planier souriait sans rien dire, de l'air d'un homme qui a suffisamment parlé et qui vous laisse le soin de comprendre. Et Berger, du fond de ses souffrances et de ses perplexités, s'accrochait à cette consigne qu'une ombre surgie dans la nuit, d'un souvenir indifférent, lui soufflait avec insistance du fait même de son mutisme. Privé de consigne officielle, il avait trouvé un mot d'ordre : il sauverait le secret de Planier. Mais ce secret quel était-il ? Et pour la centième fois, Planier, sans s'expliquer, ramenait Berger à « la Baraque » et lui faisait revivre la scène qui lui rappellerait l'histoire (du moins Berger l'espérait-il) ; et Berger, pour la centième fois, redescendait derrière Planier dans un sous-sol.

Tout recommençait comme à Paris, un soir d'été longtemps avant la guerre, et mille détails, un décor somptueux quand on fait un métier de roulier depuis des mois par tous les temps, mille lumières, cent millions d'étoiles, une nuit d'août à tout casser dans les platanes d'une capitale enveloppaient, en filigrane, ces chuchotements dans un sous-sol, d'un nimbe de fête orientale, d'une chaleur de terre promise et d'un bouquet de feu d'artifice.

— Voilà, disait Planier, qui parlait à mi-voix.

Il avait fait une longue pause après avoir raconté son histoire ; Berger revoyait une fois de plus ses mains mousseuses, ses longs bras bruns et ses manches retroussées qui avaient été la première chose à lui rappeler cette aventure — l'eau qui giclait dans le lavabo, et la glace coupée aux angles, avec une éraflure qui laissait voir le tain.

On entendait le bruit de l'eau dans une grosse conduite peinte en beige. Planier se tenait un peu penché, appliqué à brosser ses ongles.

— Tu n'en parleras pas, disait-il.

Berger sentait encore l'odeur du savon vert qui crachotait une bave blanche en sortant du cylindre de verre placé au-dessus du lavabo, le relent de la pâte à nickel, un désinfectant aigrelet et un fade remugle noyé dans des parfums de demi-luxe.

Une femme brune se passait du rouge devant une glace. Elle portait un bouquet d'œillets de Nice. Une pièce tomba dans la soucoupe timbrée d'un B rouge sur la table de la grosse femme qu'on entrevoyait par la porte. La jeune femme remonta l'escalier sur la carpette rouge bordée de cuivre, qui sentait un peu le crime d'amour, la flaque de sang, la complication racinienne. La grosse femme suivit la jeune de ses yeux fardés : ensuite elle recula la tête avec un mouvement de cheval de bas-relief qui donna à sa silhouette un profil inattendu d'hippocampe, et se remit à lire un grand journal du soir qu'elle tenait loin de ses yeux, à cause d'une presbytie qui trahissait son âge malgré les teintures et les fards ; finalement elle retomba dans ses cheveux mauves et ses rêveries de cartomancienne.

— Non, répondit Berger à la demande de Planier.

Planier se tournait à demi vers lui sans cesser de brosser ses ongles. Ses yeux presque sans blanc, quand il remuait ainsi, faisaient penser à ceux de Pantalona.

— Jamais, n'est-ce pas ? insistait-il.

— Entendu, répondit Berger.

Ensuite Planier s'approchait de l'essuie-mains trempé qui pendait à un cylindre de faïence, hésitait en le voyant tout gris, s'essuyait, rabattait sa manche, jetait une pièce dans la soucoupe et remontait avec Berger vers la lumière, abandonnant la vieille Sibylle à son antre de céramique, à ses chiromancies, ses fards, ses faits divers, et ses léthargies orchestrées par le concert des chasses d'eau.

Que pouvait donc avoir conté Planier de si grave pour n'avoir fait cette confidence que dans le sous-sol ?

La salle de café de « la Baraque » les avait accueillis au sortir de ce Styx dans un éblouissement de lumière. C'était une nuit d'août magnifique. Il faisait chaud. Les étoiles fourmillaient à travers les feuilles des platanes. Un Peau-Rouge de fantaisie vendait gravement des cigarettes, une plume de dindon dans le chignon et le bras drapé de quelque poncho. Des tubes de verre de toutes couleurs accrochaient dans l'espace de joyeux éclairages, des paraphes, des bravades, des galons de zouave et des frivolités de modiste.

Ils s'étaient rassis à leur table. Berger se sentait en vacances. Il lui semblait n'avoir pas encore quitté le bateau qui l'avait ramené peu avant.

L'heure, les fauteuils, les boissons de couleur vive, la chaleur, l'insouciance des gens, les toilettes d'été, les silhouettes exotiques contribuaient à l'illusion. Berger prolongeait à Paris une traversée dont il ignorait le terme, et qui menait vers des îles dangereuses, mais dont le farniente délassait merveilleusement son corps fatigué par un climat torride.

Il y avait là Louba qui était russe, et qui roulait des « r » terribles entre deux cigarettes de caporal qu'elle cylindrait d'une seule main sur son genou ; elle était brune, avec des yeux aux paupières lourdes et une dentition de bête sauvage. Il y avait Tisserand, qui était architecte et qui bâtissait des maisons en galalithe, en terre de pipe, en verre pilé, en anthracite, en papier d'emballage, en n'importe quoi pourvu qu'on ne l'eût jamais fait ; de Remérat, qui était surréaliste et gardait dans son bureau, à un rez-de-chaussée de la rue Percefil, une femme en cire vêtue d'une robe de dentelles noires et assise sur une chaise carrée. On la voyait par la fenêtre en passant, pâle, inhumaine, dans un jour glauque, comme un scaphandrier rencontre un noyé derrière le hublot d'un navire englouti. (Un brigadier en permission lui avait un jour glissé une lettre sous la fenêtre. L'orthographe n'en était pas sûre, mais le dessein en était net. Remérat avait déposé une réponse le lendemain. On avait vu le brigadier, sous un platane, se gratter la tête, le sourcil contracté. Jamais le 3e cuirassiers n'avait fourni à la rue Percefil un militaire aussi perplexe.)

Il y avait aussi Charmancier, qui pilotait à l'ordinaire quelque hydravion du côté de la Tunisie ; et Zizi, qui était modèle, couverte de fétiches et soucieuse de ses jambes ; et un peu partout des Suédois qui baignaient dans la lumière blonde, comme de pâles aquarelles encore plus claires que la lumière.

Et rien de tout ça n'avait grande importance. C'étaient des gens qui se délassaient de durs métiers en général ; une halte entre deux soucis, une oasis entre deux caravanes. C'était la même nuit qu'aujourd'hui dans cette voiture où Berger délirait, les mêmes platanes que sur le cours de cette ville. C'était la France qui invitait le monde à sa terrasse.

— J'ai soif, dit le zouave en se retournant, avec l'accent de la Normandie.

— Je n'ai plus rien, répondit Berger.

La voix du zouave avait balayé d'un seul coup les fantômes d'une nuit parisienne. Les lumières s'étaient éteintes. Des tas de décombres charbonnaient. Il ne restait que des murs de prison, une cour muette, quelques voitures et des grappes d'hommes endormis sur des marches.

— Voyons, voyons, se dit Berger, où en étais-je ? Il se rappelait avec malaise qu'il cherchait quelque chose — mais quoi ? — dans ces décombres, une arme indispensable, un charme, un talisman. Ah ! oui, c'était le secret de Planier !

Il était descendu dans le sous-sol de « la Baraque » où Planier lui avait raconté son histoire ; il s'était rappelé sa promesse. Mais le secret, quel était-il ? Il s'affola.

— Voyons, voyons, se dit-il, repassons bien les choses ; un détail éclairera l'ensemble.

Il fouilla dans les ruines. Il repassa ce qu'il put. Mais quand il allait un peu loin, chaque fois qu'il sentait qu'il trouvait quelque chose, chaque fois qu'il avait l'impression qu'il était sur la bonne piste, une douleur l'arrêtait dans sa tête, non pas une souffrance aiguë, mais une douleur sourde et sombre, une espèce de mur, de barrière, qui s'opposait à tout passage. Il était assez près du secret, pour ainsi dire, pour en sentir l'odeur, en savoir la présence, tendre la main dans la bonne direction, mais son bras se trouvait trop court d'un centimètre pour qu'il pût poser la main dessus. C'était un supplice de Tantale. Et s'il s'obstinait, c'était pire. L'énergie ne suppléait pas aux difficultés matérielles.

— Allez, hop ! cria-t-il, comme pour enlever un cheval.

— Ta gueule ! cria le zouave.

Il se tut. Mais Planier restait là, accroupi en tailleur, avec son air de mystère et son doigt sur la bouche, ses yeux qui ordonnaient et qui faisaient confiance, et cette expression insistante qui emplissait Berger de remords, d'appréhension, de bonne volonté, de courage et de désespoir, le faisant passer par cent lacets sur une route exaspérante pour revenir en fin de compte au point de départ. Il y eut un long moment, dans une ombre épaissie, où on ne vit plus que les yeux de Planier, des yeux d'émail comme ceux du « Scribe accroupi », et où sa tête se couvrit d'un tarbouche ; sur ses genoux, dans une boîte, il portait des choses brillantes ; on aurait dit un marchand oriental. Il se leva et sortit lentement de la voiture. Berger le suivit le cœur battant : il allait peut-être savoir... Dans le mouvement la silhouette de Planier devint plus svelte et se transforma : c'était le zouave ! Les objets qui brillaient dans la boîte du marchand n'étaient plus que le quart du zouave et la boucle de son ceinturon. Berger revint, découragé, à la voiture.

Il y eut encore un autre moment où le vent dégagea des étoiles au-dessus du mur qu'on voyait par l'ouverture de la voiture et dessina dans le ciel une espèce de profil qui ressemblait aux Pyramides, et le contour de Planier se figea, se durcit. Berger reconnut le sphinx, son corps démesuré, son nez ébréché et la douceur énigmatique de la joue, sous les yeux, vue de trois quarts. Les yeux étaient en émail blanc. Les Pyramides se rapetissaient ; elles entrèrent dans le détail d'une affiche de métro, sur un fond de céramique brillante ; puis l'affiche elle-même disparut. Il ne resta que les yeux autour desquels, encore, la silhouette de Planier se reforma, plus humaine ; il eut des cils, des cheveux, des chairs ; mais tout au fond d'une ombre épaisse ; et toujours cet air de mystère, de consigne muette, d'encouragement déçu. Et Berger eût voulu lui dire... lui dire quoi ?... Comment observer une consigne dont il ne savait pas l'objet ? Il était au bout de sa logique. Il ne lui venait pas à l'idée, tant il s'usait sur l'idée fixe, que le secret de Planier serait d'autant mieux gardé qu'il l'avait perdu depuis longtemps. Il ne se rendait pas compte qu'il crispait son effort pour observer une consigne inutile.

— Passe-moi une sèche, lui demanda un soldat surgi soudain on ne savait d'où.

La voiture sentait le cuir, la sueur, le cheval, la brute et la chambrée. Il vit dans l'ouverture béante de la voiture, qui formait, avec la bâche ronde, une espèce de porte romane, la silhouette d'une main qui se levait vers lui et y plaça un paquet de cigarettes dont le contour se détacha contre le ciel : c'était comme un projet de maquette pour une réclame de tabac.

L'homme s'en alla. Tout se tut. Il n'y avait plus que le zouave qui ronflait, et l'artilleur enveloppé d'une couverture, la tête posée sur un tas de cordes.

Berger trop fatigué s'était couché sans rien, sur les planches. Le froid le tenait éveillé. Il n'avait pourtant pas la force d'essayer de s'organiser mieux. Tout s'était tu. Le zouave lui-même ne ronflait plus. La rage de dents, les pieds, les jambes, la tête, l'oreille droite et la tempe encouragés par le silence, recommencèrent leur danse comme des rats dans le grenier quand le maître est parti.

Il n'avait pas d'autre souvenir de ce soir-là.

Lorsque Berger se réveilla, la nuit était très avancée. Il avait une moitié de la tête qui était comme morte avec un poids dedans, une force d'inertie qui l'immobilisait à moins de douleurs insupportables, comme ces Bouddhas de celluloïd qu'une bille de plomb ramène toujours au point de départ. C'était surtout sensible quand il voulait regarder de côté. Il lui semblait qu'un œil bougeait et que l'autre restait cloué. Et s'il cherchait de plus à fixer un objet, il était obligé de fermer les paupières.

Il se demanda s'il était fou. Non point par métaphore mais de façon objective, médicalement. La solution était connue d'avance. On n'est pas fou. C'est impossible. Il avait connu des moments d'immense fatigue, en Afrique. A la suite d'excès sportifs, de bains de soleil quotidiens en plein désert par une température de 46° à l'ombre, et d'insomnies que provoquait la chaleur, il s'était réveillé souvent avec de telles douleurs de tête qu'il s'était demandé s'il avait le « coup de bambou ». Et puis, au bout de peu de temps (c'était toujours l'approche du jour qui le réveillait), le soleil embrasait l'étendue, le ciel bleu cassait les portes vitrées, une chèvre passait dans le sable à la poursuite d'un papier gras, une femme en noir portait un vase sur la tête ; un dromadaire défilait tout entier, avec son cou, sa bosse, ses quatre pattes, ses courbes, ses ressorts, ses articulations qui évoquaient la sauterelle et la voiture d'enfant ; des chiens de nomade s'entretuaient en hurlant ; des fouets claquaient ; des ânes surgissaient de la poussière ; et le « souffraghi » venait dire qu'il était l'heure ; Berger se levait d'un bond, sans sa tête — il lui semblait qu'elle était demeurée dans son lit —, allumait une cigarette, se jetait sous la douche glacée et retrouvait un corps élastique. Il ne restait plus qu'une douleur entre les yeux — une espèce de pointe de flèche qui le faisait toujours penser à une arête de poisson —, une raideur entre le cou et l'épaule, et la conjonctivite dont souffrent beaucoup de gens dans un pays où le sable entre partout.

Etait-ce pire aujourd'hui ? Il se mit sur un coude.

La boule de plomb lui descendit dans la mâchoire et la douleur se localisa surtout dans les racines des dents malades. Des bribes de ses visions remontaient en surface, comme des bulles qui crèvent sur l'eau, sans qu'on sache où sera la prochaine, la scène du café se fit moins insistante, et ce fut encore Planier qui revint, mais dans des décors différents.

Il s'était fait moins tyrannique et Berger s'attendrit sur lui. Il prit des libertés avec ses souvenirs. Ce ne fut plus lui, cette fois, qui leur obéit en aveugle ; il les fit comparaître. Il y en eut de complaisants, mais la chose n'allait pas très loin ; il y avait toujours un moment où il ne devait plus insister ; il était obligé de passer à un autre. Il y avait aussi des images qui voulaient revenir à tout prix, mais moins despotiquement que le soir.

Celle qui s'obstinait le plus était la tête de Planier, isolée, de trois quarts, légèrement penchée, avec un sourcil levé et des yeux qui regardaient sans blanc, comme ceux de Pantalona. (Pantalona passa un moment, sans brides, sans selle, agitant sa chaîne d'un air vainqueur avec ce trot solennel et frivole qui la secouait des oreilles à la queue, à l'horizon d'une prairie.) Finalement l'œil de Planier resta tout seul, sur une affiche.

Berger chercha.

Une fois Planier l'avait fait venir. (Où était-ce ? à Paris ? en province ? Peut-être à Aix ou à Marseille ?) C'était le matin. La maison se trouvait encore dans un demi-désordre ; par une porte entrebâillée on voyait un lit découvert. La femme de Planier, Thérèse, rôdait dans la maison, l'air soucieux, habillée d'un pyjama sombre, avec une robe de chambre qu'elle serrait autour d'elle. Elle était petite, ébouriffée. On sentait qu'elle commençait le jour avec un tourment de longue date, fidèle au poste et prête à toutes les patiences. Elle allait de long en large et s'agitait sans but. (Peut-être aussi cherchait-elle simplement la ceinture de sa robe de chambre ?) Planier se rasait devant un miroir. (Pourquoi tous les souvenirs de Berger lui montraient-ils ainsi Planier couvert de savon ?...) Sa femme disparaissait parfois. Il avait le front barré d'une ride. Il parlait peu.

Berger lui demanda pourquoi il l'avait fait appeler. Planier alors fit claquer sa langue, hocha la tête. Et Berger se sentit de trop. Pourtant, chacun de son côté, les deux époux lui parlaient gentiment. Tous deux trouvaient sa présence naturelle. Mais Berger ne comprit pas ce qu'il y avait entre eux. Il crut deviner chez Thérèse une espèce de demande muette et de supplication déçue, et chez Planier un entêtement silencieux. Quand Planier eut passé sa veste et son manteau, il demanda à Berger de le suivre. Berger dit adieu à Thérèse. Tandis que Planier descendait l'escalier elle esquissa le début d'un geste qui annonçait une confidence ou une recommandation, mais elle réprima son mouvement avec un hochement de tête, un sourire triste, un air de dire « Tant pis ». Planier monta dans une auto coûteuse que Berger ne lui connaissait pas et qui le surprit. On attendait une explication, une confidence. Planier eut l'air de vouloir la faire, mais ne la fit pas. Il parlait brièvement et d'un ton décidé, de l'air d'un homme qui veut faire quelque chose en dépit de ce qu'on lui oppose. Berger sentit qu'il devait provoquer la confidence retenue, que

Planier l'avait fait venir exprès ; mais il s'abstint. Il ne voulait pas que Planier regrettât par la suite une parole arrachée à un moment de découragement.

Planier arrêta sa voiture sur une place au milieu de laquelle un grand homme de bronze en toge latine portait un livre sous son bras et montrait de l'index les marronniers d'un square avec un air d'indignation.

— Où vas-tu donc ? demanda Berger.

— Ici, lui répondit Planier en désignant une villa derrière une grille fleurie de glycine. Tu me suis ?

Mais Berger n'en avait plus le temps ; surtout il se sentait gêné par la tournure des événements, par ces silences, ce drame sournois qui contrastaient avec ce qu'il attendait de Planier, toujours calme, sportif, tonique. Il se reprocha son égoïsme, mais, du moment qu'il ne pouvait rien...

Planier eut l'air légèrement contrarié du départ de son camarade. Ils se dirent au revoir ; il n'y eut pas autre chose. Berger resta sur une impression de mystère.

Des cafés vides en face du grand homme de bronze présentaient des terrasses d'asphalte arrosées de nuit par des garçons mélancoliques sous des marquises rayées de jaune et d'orange. Les marronniers fleuris de grappes roses mettaient dans le ciel bleu et vide une espèce de sérieux bourgeois et de majesté décorative. Le soleil brûlait. Une guêpe qui bourdonnait dans l'ombre se posa sur le nickel d'une des tables. Un monsieur en melon et en jaquette, armé d'une serviette compliquée entourée d'une courroie et bouclée par du cuivre, traversa une rue dallée où le soleil semblait plus implacable encore que sur la place.

Jamais Berger n'avait ressenti plus violemment

une impression de chaleur, de vide, de vertige et de désespoir.

Cette scène s'était passée bien avant celle de « la Baraque ».

Il y en avait eu d'autres, normales, entre les deux, au hasard de rencontres fortuites. Peut-être était-ce parce que la mémoire de Berger séparait celles de « la Baraque » et de l'auto de leur contexte qu'elles lui paraissaient si étranges ? Ce contexte, quel était-il ?

Il lui en revenait des bribes : un dîner dans un port, un soir au cinéma, la naissance du fils de Planier (un bébé aux yeux noirs qui avait l'air d'un Arabe). Et puis des tas d'autres choses, d'une moyenne quelconque, qui écartaient l'impression du mystère. C'était ainsi qu'il les voyait ordinairement ; mais cette nuit c'était le mystère des scènes énigmatiques qui déteignait sur la banalité des autres.

Il n'était pas jusqu'aux épaules, au profil, aux mains de Planier, dans une salle de cinéma quelconque, qui ne parussent à Berger, cette nuit-là, chargés d'on ne savait quel secret, d'on ne savait quelle puissance occulte, d'un sens utile ou d'un fluide mortel. Ses mains portaient une dynamite, ses épaules prenaient l'importance redoutable d'une ombre portée sur un mur dans un endroit désert ou insolite, son profil devenait celui de la Fatalité, comme dans une photo de première page. Et vu de ce point, tout changeait.

La dernière fois que Berger avait vu son camarade, c'était dans la même maison que celle devant laquelle ils s'étaient arrêtés sur la place du grand homme de bronze, des cafés vides, des marronniers et du monsieur en jaquette qui portait une sacoche sous un soleil de désespoir.

Une plaque en cuivre vissée sur l'un des deux piliers de brique qui entouraient le portail de la villa enguirlandée d'ampélopsis, portait un nom gravé en capitales noires, un nom double affreusement sérieux, avec un trait d'union, qui avait l'air à la fois impersonnel et important d'un patronyme découpé au hasard dans un Bottin de brasserie, en face d'une gare pleine de locomotives. Berger n'en avait pas le souvenir. Il ne lui en restait dans l'esprit que le dessin et le parfum pour ainsi dire, une odeur d'encre, de bureau, de trafic, d'administration.

Il avait trouvé là Planier dans un grenier qui avait été converti en studio, avec un divan de fourrure blanche, un aquarium où des poissons chinois promenaient de longues nageoires de mousseline autour d'une grenouille étonnée, et un appareil bleu comme on en voit dans les gares, d'un bleu de dolman de hussard, avec des filets dorés dans les moulures, pour distribuer du chocolat.

La longue silhouette de Planier était assise sur le bord d'un billard ; il avait le menton dans les mains et tirait sur une cigarette d'un air pensif. Thérèse, la tête entre les poings, était au bord du divan blanc, en robe du soir.

Une tortue se promenait sous le billard, sur un tapis de caoutchouc ; on apprit à Berger qu'elle s'appelait Marie-Louise, à cause d'une tante à héritage qui lui ressemblait : elles avaient, paraît-il, la même nuque. L'idée de cette vieille dame respectable à cou de serpent fit frissonner Berger.

L'hôte parlait avec une femme blonde, en burberry, qui avait le front haut et l'air génial. Un monsieur discutait avec l'hôtesse. Son nom était connu par les actualités ; il avait l'air vulgaire et l'œil intelligent. Une mince femme pleurait discrètement, la tête contre une baie d'où l'on apercevait les lumières des cafés, ornés de lanternes vénitiennes ce soir-là, et l'index du grand homme de bronze. Les marronniers, entre leurs feuilles, pareilles à des doigts qui s'agitent, brassaient les étoiles d'une nuit tiède.

On présenta Berger. On lui fit les honneurs de la tortue Marie-Louise et de l'appareil distributeur de chocolat. Il demanda à Thérèse des nouvelles de son fils. Elle lui fit voir un portrait du petit Arabe qui portait dans ses doigts une grosse boule de verre.

Berger fut surpris du ton aisé de la conversation des maîtres de la maison, de l'air décidé de la dame blonde, des pleurs de l'autre, qui ne semblaient gêner personne, de la tristesse de Thérèse et de l'expression obstinée de Planier sur son billard. Rien de tout cela ne semblait s'accorder. Il en résultait pour Berger le même malaise que le jour de l'auto inexpliquée. Pourquoi l'avait-on fait venir ? A quoi servirait-il dans tout cela ?

Il se retira le plus tôt qu'il put, non sans avoir interrogé Planier. Mais Planier se contenta de lui faire boire un cocktail qui avait un goût de poivre et d'anis — il semblait lui-même avoir bu légèrement plus que de raison, ce qui ne lui arrivait jamais — et de lui dire en fin de compte :

« Pourquoi ne t'occupes-tu pas davantage de Thérèse ? Au fond tu ne t'occupes jamais d'elle... »

Qu'était-ce à dire ? Berger ne comprit pas.

Cette atmosphère de dénouement sentimental, mêlé d'affaires (mais ce n'était là qu'une interprétation possible, et probablement téméraire, encouragée par des impressions qui avaient par ailleurs mille chances d'être trompeuses), cette atmosphère lui déplaisait. Il se demandait avec tristesse quel drame gluant pouvait venir ricocher de façon si déprimante dans le ménage de Planier. Il en souffrait, ne comprenait pas, ne pouvait et ne voulait pas essayer de comprendre davantage.

Quand il sortit, un tramway s'en allait, plein de bustes immobiles découpés derrière les vitres comme sur une affiche réclame dans une lumière d'un jaune rose. Une vieille dame se hissa lentement sur le marchepied, en ombrelle, en chapeau à plume, en face-à-main. Berger monta derrière elle. Du haut de la plate-forme il aperçut plus loin, sur une place, dans une grande brasserie, des gens qui buvaient des demis en épongeant leur front suant.

Il ne savait pourquoi ce tramway et cette brasserie lui paraissaient si fantastiques.

Huit jours plus tard, par un avis d'obsèques publié dans un journal, il apprenait la mort de Planier.

Mais s'agissait-il bien de Planier ? N'était-ce pas plutôt son oncle ? L'homonymie pouvait tromper. Thérèse lui aurait écrit sans doute ? A moins d'un drame, à moins de bien des choses... Il attendrait pour s'enquérir un détail qui arriverait de façon imminente.

Le lendemain il partait lui-même pour l'Afrique.

Le détail n'était pas arrivé. Il écrivit d'Alexandrie. La lettre resta sans réponse. La vie le prit dans un engrenage de devoirs quotidiens, de fatigues, de torpeurs, de corvées qui ne laissèrent plus de réalité qu'à l'endroit où il se trouvait. Il écrivit encore à une adresse douteuse, changea lui-même d'adresse, perdit beaucoup de réponses... La silhouette de Planier alla rejoindre dans le grenier de sa mémoire cent personnages qui étaient entrés en elle au hasard des villes et des ports, et partis sur la pointe des pieds en laissant des souvenirs peints sur le verre de cette lanterne magique qui projette de vieilles histoires sur nos murs quand nous ne nous endormons pas.

Et maintenant où était Planier ? Officier aviateur démissionnaire, il avait dit un jour à Berger qu'en cas de guerre il demanderait à partir dans les chars.

Etait-il mort au coin d'un bois ? Dans un chemin ? Etait-il étendu sur la chaussée d'un pont, les bras ouverts, comme une croix qui traîne ? Avait-il tourné, comme beaucoup, une fois frappé, à la façon d'une marionnette, pour tomber le nez sur la terre ? Où était-il resté assis dans sa chenillette, les yeux ouverts, des yeux de verre dans une face de cire, comme la femme de Remérat derrière la fenêtre de la rue Percefil ?

Peut-être était-il tout bonnement en train de téléphoner dans un état-major installé, comme celui de la compagnie de Berger, dans une salle à manger de village ? Il la voyait : sur le papier peint, en quinconce, des iris rouges s'entouraient de trois feuilles rigides ; et il y avait un buffet à colonnes.

Il fut réveillé de ses songes par l'artilleur qui frappait dans le vide et qui criait : « Attrape le verre ! attrape le verre ! Fais gaffe ! Plus haut ! » L'homme rêva ainsi un moment de quelque rixe de café, puis se retourna et ne dit plus mot.

Deux silhouettes à bonnet de police passèrent, furtives, dans l'encadrement de la voiture. Des prisonniers. Que cherchaient-ils ?

Berger sentit le froid, la fièvre. Son manteau était tout trempé. Ses pieds ne pouvaient plus supporter les chaussures. Le soulier gauche qui était trop court, et les lacets, le suppliciaient. Sa rage de dents avait repris de plus belle. Il déchaussa ses pieds gonflés, décolla sa chaussette encroûtée de sang caillé, passa ses pieds sous les jambes du zouave, rabattit son bonnet de police, releva le col de son manteau, se mit sur le coude et regarda la cour.

La nuit grise baignait les silhouettes noires de quatre voitures alignées. Des groupes dormaient sur les marches des hauts bâtiments monotones. Et quatre murs barraient le chemin de la liberté. De l'autre côté veillaient des sentinelles allemandes.

Que faire ? S'il avait eu des forces il aurait essayé de partir.

Il se sentait écrasé par le destin, un destin qui était une énigme. Il n'y avait pas huit jours il était un homme libre, un soldat qui faisait son métier au grand air. Aujourd'hui il était au fond de cette voiture, pris comme un rat au fond d'un trou par ces hommes qu'il avait vus sur le bord de la route avec nos femmes, un de ces petits auxquels, quinze ans auparavant, il distribuait des bonbons sur le Rhin.

Il revit une petite boutique, dans une de ces vieilles villes allemandes, sur la place d'un vieux quartier. La place était pavée de petits cailloux ronds, pareils à des dragées plantées la pointe en bas; ombragée de petits acacias; tout y était petit et minutieux, comme une broderie. Sur une colonne d'affichage, des papiers de toutes couleurs annonçaient des spectacles, des chaussures, des pâtes dentifrices. A la devanture de la petite boutique, des paquets de tabac jaune d'œuf voisinaient avec des bonbons. Des ruelles noires partaient, autour de la petite place fraîche et vide, compliquées comme des plis d'oreille. Une cloche sonnait. Un vieux savant passait. Une voix d'enfant, quelque part, chantait une légende qui parlait d'un anneau d'or et d'un nain jaloux.

Il vit aussi à l'entrée d'une ruelle, sous une vieille porte à créneaux, un factionnaire sénégalais montant la garde. On ne distinguait guère au fond du crépuscule que les galons jaunes de son col et le rouge violent de son chèche. Sa tête se confondait avec la muraille noire. Mais dans sa bouche, fantaisie d'Equatorial, il portait une énorme fleur, une rose pourpre, presque violette, qui animait soudain, derrière le mur obscur, on ne sait quelles féeries orientales.

Devant ce mur de forteresse un homme passa, silencieux, à quinze mètres de Berger : *Planier* passa ! Berger le reconnut. Il aurait voulu l'appeler. Mais il rêvait ! Ce n'était pas Planier ! Berger se tut.

Ses souvenirs ne lui apportaient plus que des brouillards et des murailles. Il revit une des images du *Tour de France par deux enfants,* la porte de Phalsbourg, deux tours, un factionnaire. Il se rappela le vieux texte, sur les pages jaunies du bouquin : « Un matin... deux enfants, deux frères... et la sentinelle prussienne. »

Aujourd'hui c'était la même chose, il était dans le

même brouillard, derrière des murailles toutes pareilles... Il revit brusquement sa femme avec une détresse déchirante. A cette heure-là les deux jumelles devaient dormir. Figaro, leur ours en peluche, était posé sur l'oreiller; la plante de ses quatre pieds était faite d'une étoffe blanchâtre; il avait l'air ainsi, couché les pattes en l'air, de brandir quatre gants d'escrime vers le plafond. Les jumelles le traitaient en frère. Il avait eu la rougeole avec elles. Elles lui avaient fait une courbe de température, plus petite, moins glorieuse que la leur, avec des maxima réduits qui dépassaient à peine une température normale (il n'avait pas droit aux mêmes exploits que l'être humain), mais elles l'avaient conservée et affichée avec les leurs au pied de leur lit. Il avait une fourchette à lui, un voile de mariée de village, une auréole de fantaisie pour jouer le rôle de Dieu le Père quand les exigences de la vie lui imposaient cet emploi de confiance, et recevait des cataplasmes d'encre fraîche, de cendre et de persil haché lorsqu'il tombait au fond du puits, au bout d'un fil, les jours où on jouait au sauvetage.

Berger chassa d'un coup de volonté violent ces souvenirs qui n'étaient pas réglementaires. Un militaire ne doit pas se rappeler n'importe quoi n'importe quand. Mais Figaro était devenu de la taille d'un homme bien constitué. Il sortait d'une forêt de sapins au bord d'une route touristique et se présentait à la porte d'un vieux donjon rébarbatif et enfumé. Le factionnaire croisait la baïonnette, et Figaro donnait le mot d'ordre, mais le factionnaire ne voulait pas le laisser passer. Il appelait le poste de police. On faisait venir le sergent de garde. Tout le monde était très ennuyé. Le cas ne s'était jamais produit. Figaro, pour la circonstance, s'était vêtu d'une casquette et d'une sacoche de receveur de tramway. Il faisait valoir ses arguments. Le colonel, appelé par téléphone, se grattait la tête sous son képi. Un corbeau passait dans la neige. Finalement Figaro disparaissait au loin, au bout de la cour du quartier, entouré de deux hommes, baïonnette au canon. On le voyait réapparaître à une fenêtre du troisième entourée d'un cadre de briques. Il était accoudé et fumait tranquillement une longue pipe en terre de Marseille. Sa casquette de receveur de tramway faisait une ombre sur ses prunelles jaunes, et il contemplait l'univers, de ses yeux en bouton de bottine, avec un calme impressionnant.

Les jumelles l'appelaient du milieu de la cour. Mais Berger leur disait de se taire. Et, comme elles continuaient d'une voix déchirante, Berger attrapait Figaro et le faisait basculer, en le tenant par les pieds, sur le rebord de la fenêtre. A ce moment-là, Figaro, rigide et léger jusqu'alors comme un ours en peluche qu'il était, prenait une consistance humaine, un poids d'homme, une chaleur, une vie, des muscles en fuseau, des tendons, de la graisse, des veines bleues; il résistait furieusement et se débattait comme une truite. Berger suait à grosses gouttes. Mais Figaro cherchait à le désarmer. Berger lui enfonça les deux pouces dans la nuque et serra le cou tant qu'il put. Il sentit de la graisse et des veines qui s'écrasaient sous ses doigts. Et tandis que Figaro reprenait souffle il l'attrapa par les chevilles et le balança par la fenêtre. Le temps de la chute lui parut un siècle. Les jumelles, du fond de la cour, regardaient leur père avec horreur ; elles levaient la tête avec des yeux tout ronds ; serraient les dents et se bouchaient les oreilles en voyant le corps de Figaro qui dépassait le deuxième étage, tournait, dépassait le premier, arrivait à plat ventre au niveau du milieu des fenêtres du rez-de-chaussée, et s'écrasait sur la neige durcie avec un « couic » qui fendait l'âme. Elles restaient là, devant lui, horrifiées. La sacoche de Figaro, qui s'était ouverte dans la chute, répandait ses sous sur la neige.

Le « couic » affreux de Figaro retentit dans les os de Berger, comme un cri dans une église vide, répercuté par toutes les voûtes dans tous les recoins. Berger se réveilla en sursaut, regarda autour de lui, poussa un long soupir ; l'image des deux jumelles restait au fond de sa tête. Elles dormaient sur leur oreiller. Il voyait la petite veine verte qui courait sur leur cou, juste au-dessous de l'oreille, dans une peau fine comme de la soie, d'un ocre parfois orangé, à d'autres endroits blanche comme une nacre. Il avait envie de l'embrasser.

Le froid, le mal et l'impuissance l'exaspéraient. Sa femme devait attendre une lettre. Elle connaissait le facteur, elle savait le nom de son fils, les difficultés de sa belle-fille ; sûrement ; et même la gloire qu'on devait tirer de lui au régiment, au bureau du fourrier, quand il faisait son temps à Arles, à cause de sa belle écriture... Il devait avoir eu le loisir de lui raconter tout ça, et comme quoi on voulait le faire rengager. Mais il avait sa dignité, ses préférences. Il avait refusé les sardines. Le capitaine l'avait supplié. Rien à faire ! Berger voyait la scène du dialogue entre le facteur et sa femme, à 9 heures, dans le couloir dallé. Et les jours où le facteur arrivait triomphal, avec une lettre des Armées, couverte de tampons, — et il buvait un verre, content de la joie qu'il apportait ! Et les jours où il n'y avait rien ! et rien le lendemain, rien le surlendemain, jamais plus rien ! si bien qu'on accrochait le facteur rien que pour se donner une illusion, pour ne pas laisser perdre l'habitude, pour qu'il ne se moquât pas de vous, pour qu'il se dépêchât demain, s'il y avait quelque chose, pour qu'il vous encourageât, qu'il vous expliquât un peu. (Les facteurs doivent connaître le rythme des silences et des reprises dans les courriers ; il y a des choses mystérieuses, dont ils sont les maîtres peut-être ; quand l'eau manque on commence toujours par secouer un peu le robinet pour voir si, après tout, il n'y aurait pas erreur, si ça ne viendrait pas du cuivre. Sait-on jamais ? On sait bien que les facteurs n'écrivent pas les lettres eux-mêmes, mais peut-être, après tout, en les suppliant bien, en les soignant... Il ne faut rien négliger...)

Berger se sentait affreusement sombre. Il alluma sa deux centième cigarette et en tira une grosse bouffée. Quelque chose rougeoya sous sa manche. Il vit sa plaque d'identité, la chaîne de fer, l'ovale grossièrement découpé. C'était le sceau de sa grandeur et la chaîne de sa servitude. Le nom était écrit dessus deux fois, avec la classe, comme une leçon qu'il faut savoir : une fois dans la partie où s'engageait la chaîne qui devait rester toujours attachée au bras de l'homme pour permettre de l'identifier, une autre fois dans la partie plus petite à détacher en cas de mort, celle qui a un trou pour l'épingler sur les papiers réglementaires. (Il vit ça un instant dans les mains du facteur, avec sa femme qui attendait sur la porte.)

Il se dit du fond de sa misère :

« Je suis le brigadier Berger, matricule 2404 » et se sentit réconforté.

La petite plaque brillait dans l'ombre comme une source. Elle luisait doucement sous sa manche aux étapes. La doublure l'astiquait d'elle-même. Il y tenait comme à un fétiche et comme à un souvenir d'enfance.

Quand il se rendait en pension, pendant l'autre guerre (les trains mettaient trois jours), il vivait avec les soldats. Il partageait avec eux le pain, le saucisson, les œufs durs et le vin ; il buvait dans leurs quarts. Il avait connu avec eux les trains qui « montent », ceux qui « descendent », et ces noms de « régulatrices » qui faisaient partie comme des slogans du vocabulaire de l'époque. Is-sur-Tille était un endroit plus cité que Paris, Pékin ou Byzance. Il pouvait situer les époques où avaient commencé les « scies » : *Ça gaze, Au bout du quai* ou *N'allez pas là-bas, Faut pas s'en faire,* et l'expression « déguster », par exemple, qui signifia mourir au moment où la mort devint si courante qu'il fallut des mots très loin d'elle pour la nommer sans être lugubre. Il se rappelait les becs de gaz peints en bleu, les salles d'attente pavées d'hommes où il creusait sa place à terre entre deux corps, et où l'on dormait comme des brutes avec un bidon ou une boîte à masque incrustée dans les côtes. Il se rappela un colonial qui avait tenu une nuit, à

Perrache, tout un de ces dortoirs éveillé pour expliquer qu'il mangeait un œuf d'oie, le plus gros œuf d'oie qu'il y eût au monde. Il le tenait en l'air, le présentait aux foules, le commentait, l'auréolait. Finalement l'œuf s'était aplati sur un casque et tout le monde avait été en joie. Il y avait les disputes avec les chefs de gare, les histoires de gradés, de gendarmes, et les protestations ; les trains quittés au vol à 200 mètres de la station pour gagner un jour sur l'itinéraire ; les grosses moustaches trempées de vin, les têtes cireuses des gazés, dans l'ombre bleue des cache-lampes, les petits jeunots qu'on blaguait, les engagés qu'on regardait avec défiance, les histoires de croix de guerre et de citations discutées, les vieux qui ne parlaient que de leur champ, les joues creuses, la boue des capotes, les culottes retaillées de ceux qui revenaient de perme, la jalousie pour l'aviateur, les pilotes en képifoulard qui sentaient bon et les histoires d' « officiers vaches » ; les courroies des portières qui faisaient de si solides ceintures, les grenades citron, les O. F. dans les musettes, pour pêcher le poisson ; les vitres cassées, et ce qui en restait couvert de glace, — car on passait des nuits entières, pendant l'hiver 16-17, dans des compartiments ouverts — ; et partout des molletières qu'on défait, qu'on remet, qui s'allongent, qui s'entortillent ; c'était l'âge de la molletière ; il y en avait partout ; elles s'enroulaient autour des souvenirs de Berger comme des serpentins de fête foraine ou le paraphe de l'anisette Marie Brizard. Il aurait pu écrire douze volumes de souvenirs sur la molletière bleu horizon de l'armée française, ou la longue, la rectangulaire, celle des alpins, qu'on rabat à chaque tour. Il revit, dans un couloir de 3e, un chasseur à pied en calot qui s'isolait, fier de son arme, et ne mêlait pas sa plaisanterie à celle des vieux réservistes.

Il les retrouvait encore parfois, dans les églises de village, sur le tableau de marbre où l'on avait inscrit la liste des morts de la guerre. Leurs noms étaient en lettres d'or, mais dans leurs photos sur émail, en médaillon, ils étaient bien pareils à ceux des trains d'alors et des grandes nuits dans les gares, dans la région de Saint-Etienne par exemple où les hauts fourneaux, toute la nuit, flambaient si fort qu'on aurait cru qu'un machiniste de théâtre voulait entretenir le jour. Il y avait quelquefois les noms de plusieurs frères, deux, trois, et beaucoup de cousins. Et ceux qui faisaient le plus de peine, ceux qui étaient morts le 11-Novembre, au moment de se reposer.

On retrouvait sur les médaillons la grande moustache des réservistes et le béret qui leur mettait un œil dans l'ombre, cet air de tous les jours, cette bonne volonté, et ce courage ennemi du panache qui les menait dans cette guerre comme à un travail qu'on va faire, et quand c'est fini on revient, on boit un litre et on reprend les bêtes. Il n'y a jamais rien eu de plus beau que leur humilité merveilleuse. Ils ne soupçonnaient rien de leur grandeur. Quand on voyait les journaux parler d'eux, on se demandait où ils prenaient ces hommes ! Mais en face de leurs noms, sur les listes des morts on sentait bien qu'il y a des choses qui sont vraies, comme ces bijoux qu'on ne voit pas dans les armoires et qui sortent un jour de noces (et on devine tout l'argent qu'il a fallu).

Il les aimait sans distinction. Ce qu'ils avaient tous de commun, c'était cette pauvre plaque, cette chaînette en fer, cet humble signe, incrusté dans leur peau, de leur grandeur et de leur servitude, qui luisait sous la doublure blanche des manches bleu clair de la biffe ou kaki de la coloniale, énigmatiquement orgueilleuse de porter deux rangées de boutons à sa vareuse et de ne pas avoir de tambours.

Berger avait été bien près de porter cette plaque à l'autre guerre. Il s'était toujours attendu à la mettre. Quand l'armistice était intervenu il n'y avait vu qu'un sursis. Et il avait gardé cette impression, fortifiée par mille circonstances, pendant vingt ans.

Les destins s'étaient accomplis. Maintenant il avait des cheveux gris, et deux filles qui attendaient le facteur sur le pas d'une porte.

Il s'étonna de la rapidité du temps. La guerre de 14 avait à peine vidé la scène de ses gares à lumières bleues et balayé les millions de cartes-lettres à petits drapeaux de la Y.M.C.A. qu'une autre s'était installée, déroulée, finie, sur les routes. Que devaient en penser ceux de 14 ?... C'était avec eux qu'il sentait, plus qu'avec les jeunes de cette guerre. On ne lui avait pas demandé grand-chose ; mais du moins l'avait-il bien fait. Si on avait demandé davantage, on l'aurait fait, car un soldat fait ce qu'on lui demande. Il revit ses camarades. C'étaient des paysans, sans doute, ce n'étaient pas des militaires. Ils n'avaient pas le goût de la parade ; ils n'aimaient pas la discipline ; ils avaient horreur de fignoler ; mais ce qu'il fallait faire c'était fait. Et comme ils savaient être durs ! Au travail, peut-être même au repos, jamais ils ne s'étaient plaints du froid. Au point qu'on finissait par croire que 27° au-dessous de zéro ne sont qu'une illusion personnelle. Et Berger s'était laissé geler l'oreille et le pied sans rien dire pour ne pas être honteux de commander ces hommes.

Pauvre France, que nous t'avons aimée du fond de nos manteaux mouillés, de nos gants raidis par la glace, avec du givre sur la gueule et sur les cils, quand on sentait le pied geler sur l'étrier et l'oreille devenir noire à l'endroit où elle touchait le casque (qu'on inclinait quand même dessus par coquetterie), et quand les dents se cassaient sur le pain, qu'on portait pourtant sous la chemise pour essayer de le dégeler, et quand on avait honte, quand même, de ne pas souffrir davantage, en pensant à la biffe qui trinquait en patrouille, ou sur les mines dans les bois, et à tous ceux qui étaient tombés, à tous ceux qui faisaient la vraie guerre. « Ce n'est pas en pensant à nous, disent les notes de Berger, que nous nous sommes attendris. Nous avions le repos, nous avions les auberges, l'amitié des gens du pays. Mais en pensant à toi, depuis, les larmes m'ont giclé des yeux. Si tu n'existes pas on t'a bien inventée... »

Il se rappela les chaînes de fer qui arrachaient la peau des doigts par certaines températures quand on était forcé de les prendre. Le travail se faisait quand même et personne n'en parlait. Ces garçons-là valaient-ils moins que ceux de 14 ? Il n'y crut pas. C'était la race gluante de boue, couleur de terre, qui avait fourni les vainqueurs de Verdun, tant de morts, de revenants, d'ossuaires.

Il avait parmi eux le grade le plus humble dans l'arme la plus méprisée, mais c'était déjà un honneur d'appartenir à cette armée, et il ne l'eût pas échangé, ni sa place de prisonnier, ni son sort de vaincu, ni rien de ses misères, contre le grade de généralissime de l'armée la plus triomphante, ni contre ses prérogatives.

Cela il le savait à fond, jusqu'à la moelle, à en crever. Un frisson lui secoua la tête, par un réflexe inexplicable, comme aux canards qui secouent l'eau. Il se sentait pris d'une rage. Il chercha sa cravache enfoncée dans sa botte. Elle n'y était plus. Il cria : « Allez hop ! » Ça devenait un tic : il parlait à voix haute.

Une fois de plus, l'artilleur, du fond, cria :

— Ta g... !

— Tu nous les casses, cria Berger. Je dois faire au moins 39 de fièvre.

— Moi, c'est les pieds, dit l'artilleur. On en crèvera. Ça fait cinq jours que je n'ai pas mangé.

— On en sortira ! dit Berger.

Il venait de faire ce rêve énorme, ne pouvant pas se remuer et ayant besoin d'un but immense à la taille de ce destin qui avait attendu vingt-deux ans pour l'écraser dans un fourgon comme une punaise, de sortir de là salué par les sentinelles allemandes, donnant des ordres à ses gardiens et se faisant présenter les armes !

Il se voyait, pareil à Figaro dans son cauchemar de la nuit, raide et léger comme un ours en peluche, avec une casquette de wattman et des yeux en boutons de bottine, sortant du camp par la grande porte dans le brouillard, tendant la main pour mesurer l'humidité, dressant le museau et arrivant un soir d'été à la porte de la maison où les jumelles attendaient le facteur...

Les jumelles tout étonnées battaient des mains et caressaient ses bras en peluche avec, quand même, une espèce d'inquiétude...

Il coiffait l'une de son casque et l'autre de son bonnet de police, jusqu'aux yeux, et pendant qu'elles se débattaient, il entrait, il ouvrait tout grands ses bras sans articulation, sa femme poussait un cri, tombait sur sa poitrine, ils s'embrassaient comme au théâtre. Ensuite il s'accoudait à la fenêtre du premier, il allumait une grande pipe et contemplait tranquillement l'univers, les roses qui sentaient bon et les quatre dieux grecs qui soufflaient l'eau par un tuyau dans la fontaine. Puis, du haut de son premier étage, il trempait avec volupté ses pieds gonflés dans cette eau fraîche qui les reposait merveilleusement.

Les voisins s'étaient mis aux fenêtres.

Ils se disaient : « C'est M. Berger qui est de retour. Ça fait le deuxième, avec le fils de la bouchère. C'est sa femme qui doit être contente ! » Mais tous s'étonnaient de ces jambes si jaunes, si poilues, si soyeuses, qu'il avait ramenées de la guerre ; ces jambes cylindriques en velours mordoré ; on aurait dit le prie-Dieu de la tante Octavie.

La silhouette de Planier passa dans la brume légère qui annonçait déjà le matin. Il avait un doigt sur les lèvres, et sa capote sentait la pluie, l'herbe mouillée, le genêt, le cheval, l'aventure...

— Je suis fou, dit Berger à voix basse.

— Ça oui, dit l'artilleur du fond ; en fait de cinglé tu peux dire que tu te poses là.

— Planier ! cria Berger, Planier !

— F... lui la paix, dit l'artilleur, à ton panier !

Un cheval hennit quelque part. Un homme cria dans une voiture.

Un petit jour blême, comme disent les journaux pour raconter les matins de guillotine, un petit jour blême se levait derrière les murs.

Berger revit un matin d'été dans une petite sous-préfecture, la garde à cheval alignée en travers d'une ruelle ténébreuse (il faisait encore nuit, des étoiles brillaient), des hommes juchés sur les murs et les toits, et, face à la garde, à cent mètres, une foule de gens silencieuse. C'était un jour d'exécution.

Entre le public et les soldats une chose très haute, très mince (il n'eût pas cru que la guillotine fût si haute, ni si mince) concentrait l'attention des regards. Tout le dessin en était grêle, et net et noir comme sur une épure. Berger n'aurait jamais pensé que le couteau fût si luisant, si long, et fît un angle aussi aigu.

Un homme sortait d'une porte, la chemise décolletée aux ciseaux, il avançait au trot avec une sorte de danse qui faisait penser à un joueur de football en train d'essayer une feinte (Berger ne se rendit compte qu'ensuite que cela tenait aux liens de ses jambes). Il criait quelque chose aux gens et aux gendarmes. Ça se terminait par : « Adieu, Monsieur Trouvel. » Ensuite tout le monde faisait silence. Au premier rang de l'assistance il y avait une vieille dame assise sur un fauteuil en velours vert, monté sur de grandes roues dorées. Elle écrivait avec un stylo. Une femme tenait derrière elle la poignée du fauteuil roulant.

Un second homme sortit ensuite de la prison. On le poussait. Il eut un recul devant le supplice. La silhouette de l'aumônier, qui se montrait de dos, cachait la sienne, ensuite on le vit.

Ensuite le silence redoubla. On tomba d'un silence dans un plus grand silence.

Ensuite la foule s'en alla sans parler.

« Comme un chien », murmura Berger.

C'était une phrase qu'il avait lue dans un roman à propos d'une exécution qui se passait dans une carrière imaginaire, avec deux messieurs en haut-de-forme pour faire fonction d'exécuteurs, la guillotine étant remplacée par une scie.

On entendait râler la victime sur une pierre.

— J'ai le petit jour bien hoffmannesque, pensa-t-il.

L'aube était sinistre et glacée. Un drame noir brassait les nuages au-dessus du mur.

Tout ce qui n'avait pas la couleur de la suie était glacé d'une lumière grise comme un reflet sur une lame de baïonnette graissée. On aurait dit une lumière de conserve.

La cour semblait vide et tragique. Planier passa encore, lointain, dans une immense capote bleu sombre, botté de rouge jusqu'aux genoux, comme les aviateurs de cette ancienne époque.

Il avait ce grand pas d'échassier nonchalant dont il arpentait le terrain, dans le vent froid, un jour de nuages où il avait donné à Berger le baptême de l'air sur un petit avion de chasse qu'il avait fabriqué avec des toiles de tente, des ficelles et des bouts de roseau.

Seul son visage était net et brillant malgré la distance. Des taches de son sur la figure lui donnaient un air enfantin. Ses yeux rieurs regardaient Berger. Puis il s'effaça dans la brume.

Trois avions grondaient dans le ciel.

Une barre jaune, au-dessus du mur sinistre, éclaira l'horizon chargé de nuages noirs.

Quand Berger se réveilla, transi et frissonnant, le jour était complètement levé; quelques hommes passaient au loin. Et il sentait dans sa mâchoire un poids atroce. Il s'étira et bâilla bruyamment.

Le zouave n'était plus là. L'artilleur engoncé dans son manteau, le col relevé jusqu'aux oreilles, le calot enfoncé jusqu'aux yeux, roulait lentement une cigarette, assis dans le fond de la voiture.

Il avait de gros sourcils frisés que sa coiffure laissait voir à la racine du nez.

— A quoi qu'tu rêves ? demanda-t-il à Berger. Tu as fait reculer des bourins toute la nuit...

— Ah ! dit Berger.

L'artilleur le regarda d'un air curieux, puis, après avoir pris son quart, sortit lentement en traînant ses souliers.

Pour descendre de la voiture il s'assit sur le bord, s'appuya sur les mains, et geignit trois ou quatre fois.

— Y a d'l'eau, dit-il, en se tournant vers Berger. Et il partit, traînant la patte.

Deux voitures étaient arrivées, chargées de réservoirs cylindriques ; on les voyait au bout de la cour. Des soldats accouraient de partout avec leur quart. Il se formait des queues interminables.

Berger resta. Il ne s'intéressait pas à l'eau.

Il marchait trop lentement; il y arriverait trop tard. Il y avait déjà plus de monde, probablement, que n'en pourraient satisfaire les voitures. Et il en arrivait toujours.

Il restait absorbé par deux idées étranges qui se jumelaient dans sa tête : sortir de là, à un moment ou à un autre, et obéir à la consigne incohérente qu'un fantôme était venu lui donner dans la nuit. Mais cette consigne il la perdait à chaque instant, la retrouvait péniblement et, quand il croyait la comprendre, il ne savait plus ce qu'elle voulait dire.

Elle était vaine et ne portait sur rien.

Pourtant, chaque fois qu'il l'oubliait, il lui attribuait une valeur définitive, il se figurait qu'en la perdant il perdait tout et en recherchait la clef sans cesse.

Il en éprouvait dans la tête une telle fatigue qu'il n'y voyait plus clair.

Il essayait alors de dormir, mais le sommeil ne venait pas, et s'il fermait les yeux il sentait dans sa tête un brouhaha plus douloureux.

Il rouvrait les yeux sur le monde. Mais les yeux lui faisaient mal et il les refermait.

Et c'était un cercle sans fin.

Et il n'y avait aucune raison pour que ça cessât.

La matinée s'éternisa dans la cour grise ; une cour sans arbre et sans soleil.

Des prisonniers s'étaient mis aux fenêtres, comme Figaro dans son cauchemar. Comment retrouver, là-dedans, ceux de sa rame ? A cette distance il ne reconnaissait personne.

Il n'y avait pas de raison de changer d'observatoire. Tôt ou tard un de ses camarades viendrait à passer par ici.

Il resta donc dans sa voiture, un pied chaussé et l'autre nu, accroupi au bord, à regarder, tantôt voyant, tantôt ne voyant pas, tantôt ne croyant pas ce qu'il voyait, tantôt imaginant ce qu'il ne voyait pas.

La réalité n'était plus que comme une image dans un livre.

Le temps n'avait plus de dimensions.

Il ne savait plus depuis quand il était là.

Tout s'en allait.

On se retrouvait comme au début dans une caserne, comme à la mobilisation.

Il se demanda ce qu'était cette vie qui faisait tour à tour défiler devant ses yeux des villes, des mers, des déserts, des casernes, des montagnes, des fleuves, des films, des soldats, des cours de prison, des tortues, des guillotines, des hôpitaux, des rues, des églises, des avions, des écoles, des hommes qui viennent et qui s'en vont, des visages qui passent, des gens qui meurent...

Et sa femme, et ses deux jumelles, qui attendaient là-bas le facteur sur le pas de la porte...

Quel lien pouvait-il bien y avoir entre toutes ces choses ?

Ils ne touchèrent rien à manger.

Il y eut des distributions d'eau. Il n'y alla pas.

Il vit encore passer Planier, au bout de la cour ; mais ce n'était sans doute qu'un major, du côté de l'infirmerie. Il ne lui vint pas à l'idée de se faire porter malade pour cet épuisement de la tête qui était allé sur la route jusqu'à des hallucinations. A moins de devenir fou, on ne se plaint pas de la tête. Et il n'est personne, sage ou fou, qui ne sache très bien qu'il n'est pas fou.

Mais il ne pouvait plus marcher. Ses pieds blessés, ses rhumatismes dans la jambe, l'empêchaient d'aller faire la queue pendant une heure pour attendre un quart d'eau qu'on ne toucherait peut-être pas.

Et puis à quoi bon un quart d'eau ?... Ce n'était pas ça qui permettrait d'attendre grand-chose. En campagne il eût essayé de donner un coup de collier. Mais ici à quoi bon ? S'il devenait intransportable le pays n'y perdrait rien et son sort personnel ne serait pas pire.

Le bruit venait de courir parmi les prisonniers que des convois s'organisaient pour l'Allemagne. Une fois là-bas, pour s'évader, les choses seraient plus compliquées. On disait même, dans certains groupes qui passaient, qu'on les enverrait travailler. « A quoi ? » se demanda Berger. En avait-il le droit ? Il ne voulait pas le faire sans l'autorisation d'un chef. Il se traîna jusqu'à l'infirmerie. Ce n'était pas l'heure de la visite.

Il y retourna l'après-midi et fut interrogé dans un couloir par un soldat qui le découragea : les pieds malades n'intéressaient personne ; il devait y en avoir trop.

Berger trouva le raisonnement logique et retourna dans son fourgon.

Il s'étendit sur le dos les pieds plus haut que la tête, ce qui dégonfla un peu ses jambes, et étudia le parcours des douleurs dans son corps, car rien, dehors, ne pouvait plus le distraire et il désespérait de revoir un camarade.

Il n'attachait pas d'intérêt aux bruits qui couraient dans les groupes. Il ne pouvait rendre aucun service. Il entendait mal ce qu'on disait. Il ne croyait pas ce qu'on voyait et tournait autour de l'idée fixe comme un cheval attaché à un poteau. Il n'y avait plus de vivant en lui qu'une douleur entre les yeux et à la nuque.

Il se rappela qu'un jour elle s'était déchirée, comme un rideau, et qu'il avait tout vu d'une façon différente : la vie était facile, les gestes nécessaires. Il n'avait plus senti cette crispation illocalisable qui lui bouchait tout l'horizon à la façon d'un poing qui se serrerait sur les yeux, autour des yeux ; car c'était sur les yeux, mais en même temps c'était ailleurs, et, quand on voulait savoir où, on s'apercevait avec découragement que c'était partout et nulle part. Ça s'apaisait un peu pourtant, en gardant la main sur la nuque, ou sur le front, et en ne bougeant pas. Mais ce ne sont pas des positions qu'on peut garder. Et puis pourquoi donner de l'importance à ces choses ? Il ne savait plus si le jour où, pour employer le seul terme qui pût traduire un peu la chose, le rideau s'était déchiré, lui avait révélé un état euphorique qui arrive rarement dans l'existence ou simplement l'état normal.

Il s'absorba, en se reprochant son égoïsme (mais que faire ?) dans l'étude de l'itinéraire que parcouraient certaines douleurs, celles qu'on peut encore désigner. Il y en avait une qui partait comme un pincement du mollet droit, semblait s'irradier dans les reins où elle causait une espèce d'inquiétude, d'agacement, de chatouillement, et arrivait dans le petit doigt de la main droite par le coude ; elle s'arrêtait au poignet et lui donnait envie de remuer le bras comme s'il avait été gratté par une puce ; il éprouvait le même agacement dans la jambe droite et le besoin de secouer son pied. Mais il se retenait, pour ne pas donner le spectacle d'une crise de danse de Saint-Guy.

L'après-midi dura un siècle.

Mais qu'est-ce qui était après-midi, hier, aujourd'hui ? Depuis plusieurs jours Berger ne distinguait plus qu'entre le jour et la nuit.

Tout le reste était de même tissu.

La réalité n'était plus qu'une espèce de rage de dents.

Ce fut le soir, avec le froid qui faisait redoubler la fièvre, que revint l'ombre de Planier.

Comme Berger était assis à la turque dans sa voiture, le menton dans les mains, les pieds nus, la nuit tomba sur la cour silencieuse où l'on voyait errer des ombres.

Il lui sembla que de faibles lampes (des ampoules qui revenaient de l'autre guerre) s'allumaient sous des galeries, de chaque côté du grand rectangle.

Des conversations de pensionnaires lui arrivaient, vieilles de vingt ans, pareilles à une rumeur au fond d'un coquillage. C'était le bruit de la cour de récréation.

Il vit tomber des feuilles mortes autour des ombres. Sur les « calots » devenus noirs il vit s'allumer des galons et des insignes mystérieux, des X, des « phi » et des abeilles, toute une algèbre d'étudiants.

C'était une rentrée d'octobre. Des anciens s'appelaient dans la cour. Des nouveaux s'abordaient. Au pied d'une des barres fixes il rencontra un long garçon dégingandé qui avait l'air paisible et musclé, l'œil énergique et le sourire moqueur. Berger fit une « allemande », une « lune », un « saut du lion ». Le long garçon, sans lâcher sa longue pipe, exécuta un « grand soleil ». C'était Planier. Ils se regardèrent en riant et se serrèrent la main. Il y avait chez Planier, sans même qu'il parlât, dans ses silences, dans ses sourires, quelque chose qui marquait le tissu de grande qualité. Il faisait honneur aux camarades. On avait plaisir à se promener avec lui sous la galerie entre le réfectoire et le « Point O » qui était peint en jaune et rouge derrière la dunette où trônaient les anciens.

Ils se revirent pourtant peu, parce qu'ils préparaient des écoles différentes. Le protocole scolaire, absorbant pour les bleus, ne permettait pas beaucoup de contacts ; mais ils se rencontraient le matin sur les marches de la chapelle de l'école où un curé breton revenu des tranchées, le poil encore roussi par le feu, pressait le mouvement avec des gestes de caporal en sifflotant des valses entraînantes, et ce fut par égard pour Planier que Berger refusa d'inscrire sur le cuir de son calot une inscription réglementaire qui était injurieuse pour Saint-Cyr, ce qui lui valut une amende et une bataille avec les X.

Ils virent signer successivement l'armistice et le traité de Paix, c'est-à-dire qu'ils eurent le droit de contempler pendant plusieurs heures la croupe du cheval d'un dragon, de voir passer l'auto de Clemenceau et d'acheter des timbres du jour.

Pour la Paix il y eut les grandes eaux. Et le drapeau dans la cour d'honneur était porté par une garde d'officiers en grande tenue bleu sombre et noire qui avaient l'air d'un tableau d'histoire.

Entre-temps, dans le parc de Versailles, des mutilés étaient venus errer autour de la longue pièce d'eau où patinaient des aviateurs. Des soldats se promenaient avec des élégantes.

Planier sortait, dans les souvenirs de Berger, de cette époque où la France soupira, gratta la boue de sa capote et de ses molletières et mit des fleurs dans son salon. Des officiers américains visitaient le hameau de Marie-Antoinette. Berger revoyait derrière eux l'armée jaune qui avait surgi de l'océan à Saint-Nazaire avec ses Ford et ses chapeaux pointus. Un soir d'été, dans la petite ville de Berger, on avait vu venir les hommes de Pershing. Ils étaient trois comme les Rois Mages. Ils avaient des side-cars et mâchaient du chewing-gum. Ils attachaient le ruban de leurs molletières sur la cheville. Ils introduisaient dans la ville des paquets de tabac en lamelles, dans des boîtes rouges avec un bœuf dessus.

Ils eurent un colonel logé dans la chambre dorée à « l'Hôtel du Sauvage et de la Gare Réunis » où était descendue un jour la Belle Meunière. Il y but beaucoup d'armagnac, et le professeur de troisième lui récita un compliment sur le trottoir. Le colonel s'était mis au balcon. Il prit la chose avec beaucoup de cordialité. Quand ce fut fini il dit même quelque chose de très bref mais de très joyeux, qu'on ne put pas comprendre très bien parce qu'il parlait le français dans sa langue maternelle ; mais ce fut une exclamation réellement reconnaissante, comme « Oh ! » ou peut-être « Ah ! » (on en discuta par la suite sans se mettre tout à fait d'accord) ; peut-être « Aoh ! », dit avec beaucoup de cœur.

Et le professeur de troisième et toute la délégation durent entrer le voir au parloir du « Sauvage », et quand ils en sortirent ils avaient bu beaucoup d'armagnac et ils disaient beaucoup de bien de l'Amérique et du colonel. Mais le professeur de morale, qui enseignait qu'une goutte d'alcool peut tuer un homme dans certaines conditions, n'osa plus faire cette leçon-là, parce qu'il était manifeste que le colonel vivait encore, bien qu'il eût bu des gouttes d'alcool dans toutes les conditions possibles.

Il s'en tira en prédisant sa mort. L'événement lui donna raison, car le colonel mourut d'une balle en octobre 1918, et le professeur de morale ne voulut jamais admettre que l'alcool n'y était pour rien. Il déclara que le colonel aurait guéri sans l'armagnac de l'hôtel du Sauvage. Car c'était un bon professeur.

Ces personnages évanouis, cette histoire morte revenaient en filigrane dans l'image de Planier.

L'année scolaire 18-19 sortait du fond de la mémoire de Berger ruisselante de deuils et de gloires, comme un crêpe pailleté d'or qu'on sortirait d'une cuve profonde.

Un jour le petit de Sterne, un ancien de l'école, était venu revoir les camarades. Il n'était pas plus haut que trois pommes et n'avait pas encore vingt ans. On le voyait de dos qui parlait aux anciens, avec des bottes et des éperons, le képi enturbanné de bleu ciel, et drapé dans un burnous rouge, car les aviateurs de cette époque portaient encore l'uniforme de leur arme d'origine.

Ce petit homme en habit de prince arabe, quand on pensait aux vieux poilus crotteux, à leur sacrifice anonyme et à leur mépris du panache, avait quelque chose d'insolent. Mais quand il se retourna, le burnous grand ouvert sur le dolman rouge des spahis, on vit qu'il avait droit à tout : car sa croix de guerre, parce qu'il était tout petit et qu'elle avait quatorze palmes, descendait jusqu'au ceinturon ! C'était le capitaine de Sterne dont les journaux donnaient le portrait.

Toute l'école en était orgueilleuse.

— Ce qui est d'ailleurs paradoxal, disait Planier

en souriant. Il n'y a pas dix-huit mois qu'on l'a recalé à Cyr.

— Ce qui prouve, remarqua Berger, le flair des examinateurs !

— Pourquoi ? demanda Planier.

— Quand on a cette croix de guerre !...

— Il aurait pu avoir les deux !

— Je me contenterais, dit Berger, de la moitié de ces citations.

— Hum ! dit Planier, je ne m'y fie pas. Il suffit de savoir qu'on en ferait autant. Au lieu que le concours ça se discute !

Berger avait été frappé de cette assurance magnifique dont une modestie parallèle garantissait l'entière sincérité. Quelque chose lui disait que Planier ne se trompait pas sur lui-même.

Berger ne revint pas à l'école. Son frère, à peine plus âgé que lui, commandait déjà une escouade dans un régiment de coloniale et revenait en permission avec des ancres à son col et des grenades dans sa musette. Berger, impatient à son tour de gagner lui-même son pain et de se battre avec la vie des hommes, ne revint pas à la rentrée.

Il ne revit plus Planier jusqu'au jour où il découvrit sa photographie dans un journal d'aviation. C'était bien lui : il avait le même col raide qu'on ne lui avait jamais vu quitter, même pour tourner autour de la barre fixe, cette cravate impeccable et ces cheveux mal peignés.

Berger revoyait ce portrait du bord de sa voiture. Il s'agrandissait dans la nuit jusqu'aux proportions d'une affiche. L'héliogravure le mouchetait de points noirs qui prenaient dans l'agrandissement une importance considérable, s'organisaient en tourbillons et finalement le mangeaient jusqu'aux marges.

Berger ne distinguait plus, dans le coin de cette image où s'obstinait une grande tache beige piquée de petits cercles rouges, qu'une légère fumée de pipe et un poteau de barre fixe qui brilla soudain faiblement.

Quand la vision fut dissipée, quand les lampes se furent éteintes dans les galeries imaginaires, quand les figurants des grandes classes furent redevenus trois prisonniers qui passaient au loin contre un mur, quand Planier ne fut plus enfin que ce poteau ripoliné qu'animait par instants un jeu de lune, Berger sentit un vide atroce et se cramponna à la consigne énigmatique que lui avait laissée cette ombre issue de souvenirs confus : taire ce secret de Planier qu'il ne connaissait pas.

C'était un travail, une mission, un os à ronger pour l'esprit, un os vide mais un os quand même.

Depuis combien de temps, maintenant, n'avait-il plus mangé, ni bu, même de l'eau ? Trois jours, quatre jours, une semaine ? Depuis combien de temps n'avait-il plus dormi qu'une heure d'affilée ?

Il fallait se dépêcher d'échapper aux recensements, si toutefois ils n'étaient pas encore faits, avant qu'on expédiât les convois sur l'Allemagne.

Berger se traîna jusqu'à l'infirmerie. Après avoir franchi un premier escalier, il traversa une terrasse, heurta un deuxième escalier et tomba sur les marches blanches.

— Jamais je n'y arriverai, pensa-t-il.

Il resta là un bon moment.

Quand il se retourna la lune découpait son ombre sur une porte brune à petits carreaux et faisait luire au-dessus un bec-de-cane en cuivre.

— Suis-je bête ! pensa-t-il. Je touche au but.

C'était la porte par laquelle il avait déjà passé pour se présenter à la visite.

Sans se lever il tendit la main jusqu'à hauteur du bec-de-cane qu'il eut de la peine à attraper (mais il ne lui vint pas à l'idée de se lever). Il appuya. La porte ne s'ouvrit pas. Il resta là un certain temps à regarder son ombre à genoux sur cette porte, et son bras levé jusqu'à hauteur du bec-de-cane. Quelle situation extravagante ! Où avait-il déjà vu ça ? D'où lui revenait cette image ? Que faisait le brigadier Berger à genoux sur un escalier devant un bec-de-cane en cuivre, dans la nuit, en tête à tête avec son ombre ? Il se leva, frappa, secoua le bec-de-cane. Personne ne vint.

— Suis-je bête ! se dit-il encore. C'est la salle de gymnastique.

De fait c'était la même porte que celle de la salle de gymnastique à l'époque où il s'entraînait pour essayer de battre Planier.

Il croyait même, à travers les carreaux, reconnaître la sciure brune, parfois mêlée d'un bout de mégot...

C'était par cette porte, un soir, que les anciens avaient introduit une vache qu'on avait trouvée désolée le lendemain matin, entre le trapèze et les barres parallèles. Il la reconnaissait bien à travers les carreaux.

Il frappa ; essaya d'ouvrir. Personne. La lune s'était cachée. La vache ne meugla pas.

Une horloge sonna quelque part.

Il se cramponna au bec-de-cane. L'idée de l'heure, à la fin, lui passa par l'esprit.

— Je suis complètement cinglé, se dit-il.

Il lâcha le bec-de-cane et descendit les marches, en se demandant si, en dépit des apparences, il n'avait pas tort d'abandonner. Où était-il après tout ? Qu'est-ce que c'était que cette tour qu'il apercevait sur la droite ? Il en avait soupé ! Pourquoi était-il là ? Où étaient ses camarades ? Pourquoi lui faisait-on prendre la garde sans lui laisser aucune consigne ? Sans armes ? Sans souliers ? Il n'avait pas de souliers ! Il voyait bien qu'il n'avait pas de souliers ! Alors, qu'est-ce que ça voulait dire ? Pourquoi lui jouait-on ce tour ? C'était inadmissible ! On ne fait pas une guerre sans souliers !

Il haussa les épaules avec résignation.

Et les voitures ? Où étaient les voitures ?

Il essaya de les retrouver. Elles étaient trois quelques instants auparavant. Maintenant il n'y en avait plus qu'une !

— On en a emmené deux, se dit-il.

Il voulut entrer, mais elle était pleine. Et ses souliers, qu'il portait à la main, le gênaient.

— Tiens, se dit-il étonné, j'avais donc mes souliers !

Cette constatation le dérouta. Il s'assit à terre contre une roue. Planier lui avait joué un tour. Il était venu en signe de malheur.

Mais comment avait-il pu venir ? Il était mort ! Berger voyait encore l'avis de décès encadré de noir dans le journal, sur la même page qu'une histoire de Dernière Heure !

Tout cela était énigmatique. Berger se perdait dans ses contrôles. Il ne pensait plus que par brusques images. Le lien des choses lui échappait, ou s'embrouillait à tel point qu'il était obligé de reposer sa tête. Sa mémoire des choses récentes, qui était la plus endommagée, refusait de lui fournir des repères qu'il était obligé, au prix de maux de tête atroces, d'essayer de rétablir à coups de déductions, par approximations trompeuses. Il s'acharnait comme pour dénouer un paquet de ficelles. Mais quand un nœud se défaisait il s'en formait un autre pire.

De toute façon il fallait tenir. Berger regarda sous sa manche la petite plaque qui portait son nom. Il vit s'y refléter des ombres, comme des arbres sur un étang. Il les reconnut. C'étaient des hommes d'un train de l'autre guerre, entre Dijon et Paray-le-Monial. Ils faisaient circuler leurs bidons. Il revoyait leurs casques bleus dans le filet, leurs boîtes à masque et la grosse moustache d'un alpin. Un vieux, qui avait la sienne vineuse, lui passait son quart sans rien dire et le lui remplissait tranquillement à ras bord.

Il fallait tenir et ne pas s'en faire. Berger avait appris la leçon. Le mieux c'était un coup de pinard. Mais on ne trouve pas ça n'importe où.

Il sentait sa raison le fuir. Il l'avait perdue sur la route, par petits morceaux, comme une lettre déchirée, comme les cailloux du petit Poucet.

— C'est au soixantième kilomètre, se dit-il en faisant un effort.

Il lui semblait que cette précision lui permettrait de retrouver quelque chose.

Il lui vint une odeur étrange, qui était à la fois un délice et un tourment pour la pensée. Elle arrivait des nuits d'Afrique où il couchait tout nu sur sa descente de lit pour profiter de la fraîcheur des dalles. Il lui semblait sentir l'odeur de ce tapis, une odeur combinée de chèvre, de poussière et de plat arabe, l'odeur du « bouc » armé d'un tuyau de roseau auquel on boit dans certains coins. Il vit ce « bouc » pendu par des cordes et des poulies à une voûte dans l'ombre bleue d'une galerie fraîche comme un alcarazas.

Il sentit l'odeur repoussante du cuir tout frais et le miracle de l'eau froide qui descend dans la gorge et supprime la fatigue...

Une rose et un verre d'eau... Les présents de l'oasis... Laghouat et ses fleurs rouges, comme un joujou sur les sables qu'on va attraper dans les mains... Et Ghardaïa comme un donjon, et ses murs aveuglants et ses ruelles ténébreuses. Et ses dattes... De l'eau, des roses, des dattes... le tuyau de roseau qu'on attrape dans la bouche brûlante...

La rose et le verre d'eau, au fond de son mal de tête, se tenaient embusqués dans l'odeur du tapis, quand le froid le réveillait et qu'il sentait comme un couteau dans ses yeux et dans sa mâchoire.

Aujourd'hui c'était le même rêve de cette rose et de ce « bouc » pendu dans une galerie voûtée de Ghardaïa. Il se reprocha d'avoir abusé du soleil.

Les mains croisées sur ses genoux, le dos calé contre la voiture, il voyait se refléter maintenant dans la plaque une nuit d'étoiles sur le désert égyptien. Les étoiles étaient suspendues comme à des fils, brillantes et distinctes, chacune avec sa taille exacte. Il allait encore se tourner cinq ou six fois. Et puis l'aube arriverait d'un coup. Un Nubien entrerait chez lui en robe blanche, avec sa ceinture rouge, sa nuque de grande dame, comme celle de Néfertiti sur les cartes postales des musées ; il n'y aurait plus sur le mur blanc que sa tête noire, son tarbouche, sa ceinture rouge et ses mains noires. Il aurait l'air d'une image toute plate découpée dans un grand papier. Il lui dirait solennellement : « Saa setta. »

Berger savait tout ce qui se passerait par la fenêtre. C'était toujours la même chose. Il y aurait d'abord deux nomades avec de grands manteaux rayés, habillés comme dans l'Histoire Sainte, qui se hâteraient, armés de hauts bâtons, venus de rien, allant vers rien, le long du désert paradoxalement bordé de marbre comme un trottoir municipal...

Ensuite viendraient une femme en noir, un âne déjà rongé de mouches. Un milan tournerait dans le ciel. Les chiens des nomades se battraient. Des ânes se lèveraient de partout et prendraient des trots fantaisistes ou agiteraient leurs pattes en l'air en se frottant le dos dans la poussière fine comme une poudre de riz. Une chèvre poursuivrait au vol des papiers gras.

Déjà des fouets claquaient devant les tentes des nomades, déjà le soleil se reflétait, au fond de la petite plaque ronde qui devenait éblouissante, accompagné d'un fracas de tonnerre.

Berger dormait, anéanti, contre la roue.

Quand il se réveilla, glacé et les pieds nus, il n'eut pas le courage de mettre ses chaussures ; il s'inséra dans la voiture entre deux hommes qui grommelèrent. Pris en sandwich dans cette masse animale, il sentit une chaleur qui le ranimait un peu.

Il s'endormit.

Son rêve l'emmenait le long des côtes de Palestine. Il les suivait comme sur une carte ; il les aurait touchées du doigt. Ils avaient passé des déserts qui ressemblaient à un pays de la Lune. L'avion s'arrêtait sur Beyrouth. On voyait le port qui se dessinait comme une épure contre une mer d'un bleu de lingère.

La terre basculait tout d'un coup, montait à droite et descendait à gauche : l'avion virait.

Puis tout à coup, dans un pays couleur de terre, à l'herbe rare, il y avait en haut d'une colline une petite maison cubique, comme un dé à jouer sur une table grise.

Des nègres, des baïonnettes, un drapeau qui montait et qui claquait. Une brusque fanfare. L'idée de la France montait dans le vide, au-dessus de l'Asie.

Le réveil du poste fut suivi d'un restaurant sombre à Jaffa.

Il n'y avait que deux voyageurs.

Berger était en avance. Le ventilateur fonctionnait mal. Une cliente rôdait dans la salle et se mettait souvent à la fenêtre. Elle avait un costume de sport, un cache-poussière, un béret basque.

— J'attends le facteur, expliquait-elle.

Mais on ne voyait par la fenêtre qu'une rue déserte et torride avec, en face, des meurtrières grillagées.

— Il n'est jamais venu si tard, ajoutait-elle.

C'était sa femme.

Il se réveilla.

Il fallait à tout prix chasser l'idée de sa femme, et de sa mère et des jumelles. Il ne fallait pas non plus celle de son père ni de Figaro.

Cette image de Planier, qui avait pris tout d'un

coup une importance considérable et puérile dans sa tête et autour de laquelle tous ses morceaux de souvenir cristallisaient, lui sembla donnée par la chance pour chasser les autres pensées et faire dans son cerveau un vide utile.

Il aperçut à la faveur de son court sommeil l'extravagance de son idée fixe et la bénit.

Il était bon, n'ayant rien d'efficace à tirer de la sagesse et du raisonnement, de cultiver une idée folle mais absorbante.

Il tenait le bon bout des choses : observer la consigne de Planier et chercher à sortir de là dès qu'il aurait repris des forces.

Mais d'où pouvait venir Planier ?

Pourquoi était-ce lui qui était venu plutôt que d'autres ?

Sa mémoire faisait-elle glisser les souvenirs les uns sur les autres ?

Ne confondait-il pas les noms, les lieux, les scènes ?

Elle lui apportait une image d'un ami de Planier discutant avec lui dans la maison d'où l'on voyait la grande tente des nomades et les chèvres qui broutaient le papier. Il n'y avait rien à tirer de ça.

Ensuite ce fut l'Alsace, l'hiver, les sapins noirs, la neige et les routes glacées. On enterrait un cheval au coin d'un champ.

Avant c'était l'automne, dans un village tout plat. La route bifurquait à l'entrée, près de la poste, à deux cents mètres du lavoir. Il n'y avait rien de si nostalgique que cette plaine avec ces quelques maisons basses et les arbres qui s'effeuillaient dans les brouillards qui annonçaient l'hiver. Un soleil rouge à l'horizon et des branches nues.

La poste avait des volets verts, un toit pointu et

une vigne sur la porte. Une réclame de liqueurs à fond rouge était clouée sur les volets, entourée de blanc. Elle représentait une bouteille pansue, capsulée, ficelée et entourée d'une énorme étiquette, comme d'une ceinture de zouave. A gauche une grappe de raisin était repoussée dans le métal. Au milieu le nom de la liqueur était écrit en perspective sur un horizon de vignobles, si bien qu'il avait l'air d'arriver dans vos yeux à toute vitesse comme un train qui entre en gare ; un mot bolide, le rugissement du paysage, un slogan que les vignes lointaines lançaient à l'assaut des cités pour lui faire conquérir le monde. C'était là qu'on prenait la garde. On avait le temps d'étudier la liqueur. Berger ne pouvait plus voir cette grappe ni cette bouteille.

Le soir tout ça se refermait comme un guignol et on éteignait les lumières en prévision des avions allemands.

Le factionnaire se tenait sur la porte. Berger faisait fonction de chef de poste. Couvert de drap, de cuir, de bottes, de casque, de boutons, de revolver, de jugulaires, il ressemblait à la bouteille de la réclame. A gauche il y avait le téléphone. A droite les hommes couchaient dans la salle à manger, entre un buffet jaune clair vaguement hollandais et des chaises légères paillées de couleur verte avec une croix rouge au milieu. Entre le haut et le bas du buffet il y avait un miroir qui faisait partie du meuble et qui reflétait un vase de cuivre installé au milieu de la table sur un napperon de dentelle. Quand tout était éteint et qu'on entrouvrait la porte c'était la seule chose qu'on voyait à la faveur d'on ne sait quel reflet : ce vase bourgeois dans l'eau glauque du miroir, comme la couronne engloutie des mythologies allemandes.

Berger s'était organisé une sorte de divan au pied de l'escalier, sous un lavabo d'émail blanc veiné de bleu et gaufré comme une feuille de chou, en réunissant dans ce coin par pur sybaritisme tous les paillassons du couloir.

Il allait s'y asseoir quand il heurta un homme.

— Qui est là ?

Il alluma un briquet. Il découvrit des bottes brunes, une culotte claire, un képi noir d'artillerie, avec deux galons d'or qui faisaient penser dans l'ombre à des brins de paille.

— Lieutenant Destre, dit l'homme couché.

Le lieutenant était étendu, appuyé sur le coude droit, et n'avait pas l'air d'un dormeur, mais l'expression un peu tendue de quelqu'un qui attend quelque chose.

— Je suis fâché, mon lieutenant, dit Berger, d'être obligé de vous le faire remarquer. Mais vous n'avez pas le droit d'être là !

Le lieutenant ne bougea pas.

— Que faites-vous là ? demanda Berger.

— j'attends un coup de téléphone.

Il avait répondu de bonne grâce. Mais il fit claquer sa langue d'un air agacé et eut un petit geste de la main qui témoignait de son impatience. Il ne semblait pas vouloir s'expliquer davantage. On ne vient pourtant pas prendre la garde pour son plaisir ! Et puis c'était irrégulier !

— Vous n'avez pas de billet de logement ? demanda Berger.

Pourquoi le lieutenant se laissait-il interroger au lieu de s'expliquer tout de suite ? Mais il n'avait pas l'air d'attacher d'importance à l'incident. Il paraissait occupé d'autre chose.

— Si, dit-il finalement, j'ai une chambre à l'école.

— Et pourquoi couchez-vous ici, si je puis me permettre la question, mon lieutenant ? Vous avouerez que les circonstances m'y obligent !

Berger sentait qu'il dérangeait cet homme.

— Je vous l'ai dit, j'attends un coup de téléphone.

— Je n'en doute pas, mon lieutenant. Mais c'est irrégulier. Avez-vous des papiers ?

Le lieutenant chercha dans sa poche, sans cesser de tendre l'oreille vers la porte du téléphone.

Il fit voir à Berger un étui de mica. Berger ralluma son briquet. Il vit le nom de Destre écrit en ronde, et, en petits caractères, « Frédéric, Louis, Benjamin », une tête qui avait l'air de ressembler, mais en plus jeune, au lieutenant : des sourcils plus clairs que le teint. Un tampon violet sur tout ça. Il rendit la carte au lieutenant.

Le lieutenant la prit sans le regarder.

Cette histoire commençait à ennuyer Berger. Il ne voulait pas expédier le lieutenant sans autre forme de procès. D'autre part l'autre n'avait pas l'air de vouloir faciliter sa tâche. On recommandait tellement la prudence !...

— Vous avez le mot de passe, mon lieutenant ?

Le lieutenant donna le mot de passe.

Puis, se décidant probablement à liquider la situation :

— Vous êtes bien formaliste, dit-il. Je viens tous les soirs ici, et c'est la première fois que quelqu'un me demande quelque chose. Tous les plantons du téléphone me connaissent.

A ce moment-là un maréchal des logis d'artillerie vint réclamer le lieutenant Destre.

— Destre, se disait Berger. Frédéric Destre, Louis Destre, Benjamin Destre.

Benjamin Destre ! C'était ça ! C'était le beau-frère de Planier ! Que venait-il chercher chaque soir au téléphone ?

Mais Destre était déjà parti. Berger ne le revit plus jamais.

Cette histoire, ce vague mystère, cette coïncidence banale lui avaient laissé pour une semaine, les jours de fatigue, un thème de méditations qui se compliquait de la bouteille réclame et qui venait grossir aujourd'hui ce qu'il appelait « le secret » de Planier.

Les fantassins, dans la voiture, dormaient ferme. Mais il y en avait un, dans le fond, qui délirait.

Berger déboucla ses houseaux, mit ses souliers, reboucla ses houseaux, brossa des mains son manteau humide, et rectifia la position de son bonnet de police. Puis il roula une cigarette et resta là longtemps, appuyé sur un coude, à écouter les bruits de la nuit, chaussé, réglot, prêt à partir.

Pantalona devait courir sur une route ? Elle avait dû trouver le moyen de se débrider. Il la voyait sautant des haies dans la nuit noire avec des fringances de poulain.

Des avions tournaillaient dans le ciel. On avait faim. Les murs étaient sinistres.

Le lendemain on le trouva pieds nus, étendu à mi-chemin de la porte, ses souliers à côté de lui.

Deux hommes qui passaient le réveillèrent.

— Que fais-tu là ?

Il s'assit, bâilla, s'étira, puis alluma une cigarette. Il regarda ensuite sa plaque d'identité.

— Je sortais, dit-il.

— Tu sortais ?... Par où ?...

— Par la grande porte !

— Ah ! Et les sentinelles ?

— Les sentinelles ?... Quelles sentinelles ?... C'est un ordre du lieutenant Destre !

— Le lieutenant Destre ?

— Non. Planier.

— Complètement cinglé, dit le premier.

— ... Salué par les sentinelles, ajouta Berger en bâillant. Et il conclut d'un ton amer :

— Quelle rigolade !

— Ce qu'il faut voir ! déclara le deuxième qui partit en hochant la tête.

Le premier le rappela et ils aidèrent Berger à revenir jusqu'à une voiture.

— Présente-toi donc à la visite, lui dit le premier.

— A quelle heure ?

— Dans une heure.

« Ils me croient fou, pensa Berger. Je ne peux pourtant pas leur dire que quand la vérité devient folle il n'est pas plus fou d'obéir à la consigne extravagante d'un fantôme qu'à des évenements illogiques ! »

— Merci les gars, leur dit-il simplement.

Il leur donna ses deux dernières cigarettes. Cette fois il n'avait plus rien.

Il alla présenter ses pieds à la visite. On le refusa. Il y retourna l'après-midi. On l'accepta.

L'hôpital lui ouvrit ses portes. Le brigadier Berger entra dans son destin comme dans le château d'un enchanteur. Le pas de sa jument faisait sonner les voûtes. Car il la tenait par la bride. Et son ombre se détachait sur les hautes marches de pierre.

On mit Berger dans un lit blanc. Pantalona, attachée aux barreaux, broutait de l'ombre et des reflets sur le miroir de l'encaustique qui sentait le miel. Et le soleil, sur le mur blanc, découpait ses oreilles pointues et parallèles.

II

Et nous laissons toutes les femmes derrière nous, les vraies épouses et les autres, et les fiancées.

C'est fini de l'embarras des femmes et des gosses, et nous voilà tout seuls et légers.

Pourtant, à ce dernier moment encore, à cette heure solennelle et ombragée,

Laisse-moi voir ton visage encore, avant que je sois le mort et l'étranger,

Avant que dans un petit moment je ne sois plus, laisse-moi voir ton visage encore ! avant qu'il soit à un autre.

Du moins, prends bien soin, où tu seras, de l'enfant, l'enfant qui nous était né de nous,

De l'enfant qui est ma chair et mon âme et qui donnera le nom de père à un autre ;

Nous ne reviendrons plus vers vous.

Paul Claudel, *Ballade.*

Berger se réveilla dans une cellule dallée.

Les murs étaient épais d'un mètre. En face de lui un judas grillé le regardait au milieu d'une porte verte. Derrière lui, sur la gauche, une petite fenêtre munie de barreaux en quadrillage s'ouvrait à ras du sol sur des démolitions. Les murs se terminaient en voûte. Au croisement de leur double ogive une petite ampoule bleue promettait pour la nuit une lumière sépulcrale.

— Ça manque de gaieté, se dit Berger.

Il était dans un petit lit de fer.

Sur une table de nuit, à sa gauche, il trouva un peu de tabac, une assiette en métal, une cuillère. Pas de couteau, pas de fourchette, pas d'habits.

— Et voilà... fit-il à voix haute.

Personne ne risquait de l'entendre. Il se leva par acquit de conscience pour voir si la porte s'ouvrait. Elle ne bougea pas plus qu'une dalle cimentée. Il regarda par le judas. Il distingua un couloir sombre et large ; les murs de plâtre et le jour crépusculaire faisaient une lumière de manège, une pénombre d'écurie.

— Ça ferait pour vingt chevaux, se dit Berger.

Il revint se coucher, roula une cigarette, s'appuya sur un coude et se mit à réfléchir.

Quelque part, on ne savait où, une femme chantait.

Il entendait deux accordéons et un bruit de danse.

Il regarda par la fenêtre au ras du sol. Il aperçut une cour immense, un vague trottoir, un terrain vague, des démolitions, des plâtres. Il faisait soleil ; un soleil triste qui n'éclairait que des orties. En se rapprochant beaucoup de la fenêtre on découvrait un ciel d'émail entre deux murailles en ruine, à hauteur d'un troisième étage. Des morceaux de papier peint restaient sur les cloisons d'une ancienne salle à manger : des prunes violettes sur un fond jaune ; les cheminées avaient disparu, mais la fumée avait laissé une trace noire et grasse sur les murs tout le long de son itinéraire. Et c'était le même soleil torride et désespéré qu'autrefois sur la place du grand homme de bronze.

Un âne rôdait dans les décombres parmi des blocs de pierre d'une blancheur aveuglante et des tas de plâtre d'où sortaient des bouts de poutre et des débris de briques rouges. Berger pensa à une image du *Don Quichotte* qu'il lisait dans son enfance ; on y voyait l'âne de Sancho chercher tristement sa pâture parmi les ronces et le calcaire dans le désert de quelque sierra.

Un vieil homme passa, voûté, mélancolique, traînant ses pieds dans les orties. Un homme !... Planier... Mais le petit vieux disparaissait déjà, le dos rond, comme un colporteur. Son veston à carreaux, héritage d'un sportif, lui donnait l'air d'un personnage de music-hall. Il s'effaça entre deux murs, de son pas branlant et mécanique, comme une marionnette de jacquemart.

Les accordéons s'étaient tus. Le soleil tapait sur les dalles.

Une femme chanta *Le Temps des cerises*. Elle criait qu'elle l'aimerait toujours et qu'il était trop court et que jamais la Fortune ne pourrait calmer sa douleur.

Berger, comme un rat dans un trou, regardait du fond de sa cave le petit vieillard de complainte qui trottait le long d'un mur blanc.

Jamais une journée de soleil ne lui avait paru si tragique.

Il n'y avait personne dans cette cour ; on ne pouvait y espérer le passage de personne. Il n'y avait de fenêtre nulle part. On ne pouvait deviner d'où venait la voix de la femme. Quant aux accordéons c'était autour de lui, dans une pièce sans doute voisine de la cellule, et au-dessus.

— Quelle drôle d'histoire ! se dit Berger.

Il avait également peur de prendre la chose au tragique et de la prendre à la légère. Au tragique il risquait de se démoraliser ; à la légère il risquait de négliger de travailler à son évasion. Et puis il savait qu'à chercher, à retourner les idées dans sa tête, avec l'heure, avec la fatigue, les maux de tête et l'insomnie, il viendrait un moment atroce où les bruits dans cette solitude prendraient barre sur sa raison, et où il n'aurait d'autre recours contre cette torture chinoise, que de souffrir, de supporter, d'attendre, le front suant une sueur glacée, raidi sur une idée, la première venue, n'importe laquelle (mais vite ! et sans jamais lâcher !) qui le rattachât à quelque chose d'indiscutable, comme un passeur dans un courant, qui sent que sa barque l'emporte et qui se crispe sur sa perche. Mais quoi de réel ? La France était battue. Que pouvait-il y avoir de réel après ça ?

Les accordéons recommençaient :

— Pourvu surtout, se dit-il, que je n'entende pas le rossignol !

Il lui en venait d'avance une horreur dans les moelles.

Il se rappelait être resté (combien de temps ? un jour, trois jours, une semaine, un mois ?) seul à seul dans une chambre en face d'un tirailleur qui imitait le chant du rossignol.

Le tirailleur avait une grosse tête avec des lunettes rondes et des cheveux qui lui mangeaient le front.

Il s'asseyait sur son lit et parlait. Quand il avait fini de parler il commençait à imiter le rossignol.

La première fois c'était charmant. Les trilles étaient excellents, chaque note était juste et pure. Mais à la seconde fois on trouvait que c'était trop ; à la vingtième ça devenait un supplice. A la trentième on voulait se tuer.

Et tout cela n'était rien.

Ce que Berger souffrait dans ses nerfs et dans sa tête pilée de fatigue il en faisait après tout bon marché.

L'essentiel était de tenir, d'arriver ainsi à l'issue, à la mort ou à la délivrance. Ce qui le rendait fou c'était l'énigme ; c'était de ne pas croire au réel. C'était de ne plus rien voir de vrai. La réalité n'était plus qu'une série d'images trompeuses. Tout était admissible et rien n'était certain. Il ne pouvait pas être vrai que la France fût anéantie ! Jusqu'au dernier moment tout avait bien marché ! Et tout d'un coup on venait lui raconter qu'il était prisonnier ! En France ! Tout tendait à le lui prouver. Il n'y croyait quand même pas. Cette cellule était un rêve. A quoi se raccrocher ? Ses oreilles lui mentaient, ses yeux l'avaient trompé cent fois. Il se trouvait dans une impasse.

Pis qu'une impasse : un cachot verrouillé. Pourquoi ? Si réalité il y avait, la réalité pour Berger se faisait de plus en plus sombre. Ce n'était pas uniquement sinistre. D'un autre côté c'était un excitant. Mais le sinistre dépassait l'intérêt romanesque de la chose. Que pouvait-il y avoir au-delà ?

Car c'était une progression ! Au début il était dans une immense cour entourée par des sentinelles ; ensuite dans une chambre isolée avec des fous ! Maintenant c'était dans une geôle, dans une cellule, complètement seul, dans un tombeau, dans la cave d'une maison hantée.

L'accordéon jouait des valses qu'il n'avait jamais entendues. Etait-ce lui qui les inventait ? Il est vrai que, depuis la guerre, il ne savait plus ce qu'on chantait. Au-dessus de lui il entendait des rires.

Le petit vieillard, devant le mur blanc, trottinait comme une souris.

Berger se demanda pourquoi il n'avait pas d'habits.

Où était passé son uniforme ? Pas de couteau, pas de fourchette, pas de lacets, pas de cravate. On avait donc peur qu'il se tuât ? Pourquoi ? Sa situation était-elle donc jugée comme une chose désespérée ? Pourquoi ? Et puis où était-il ? Dans un cachot, dans une prison ? ou dans un hôpital ? Mais dans un hôpital on n'entend pas de valses ! On ne chante pas *Le Temps des cerises !* Alors, c'était dans une prison ? Pourquoi ?

Et si c'était un hôpital, il était fou ! Or il n'était pas fou ! Il savait bien que la fatigue lui avait amené des cauchemars, qu'il avait subi jusqu'à y croire des visions qui naissaient en lui du mal de tête, une espèce de cinéma que la douleur déclenchait dans son crâne sans qu'il pût l'arrêter d'un coup. Mais pendant tout ce temps-là il ne cessait pas de lutter, de crisper sa volonté contre cet automatisme ! Il attendait jusqu'au bout que cela finît ! Si on lui avait expliqué, si on lui avait prouvé... Mais qui ? Rien ne lui paraissait plus vrai ; il ne croyait plus la parole de personne.

Il avait vu de l'eau sur la route. C'était une hallucination. Mais ça n'intéressait que les yeux ! Et puis qui n'aurait pas une hallucination au bout de soixante kilomètres, quand on n'a pas mangé depuis deux jours, quand on dort à peine depuis quinze, et que pour tout rafraîchissement on a léché le sable humide d'un fossé ? Après un hiver en Alsace, en sortant d'un été d'Afrique et de 46° à l'ombre ?

La fatigue du corps passée, ces choses-là devraient être finies ! Avait-il ramené ça d'Afrique ? Etait-ce le « coup de bambou » qu'attrapent les coloniaux ? Mais il n'avait jamais eu ça avant la guerre, avant cette marche insensée. Il avait connu des fatigues qui lui coupaient les reins, lui crispaient les mâchoires, lui figeaient les yeux dans la tête, mais qui n'arrivaient pas à ce point où l'on sent que c'est fini, qu'on en meurt ou qu'on casse comme une corde de violon !

Revenir de la guerre avec ça, s'il revenait, ce serait du propre ! Il se vit dans la rue, errant dans les plâtras comme le petit vieillard de la cour...

Une limace dans les orties, un rat dans les démolitions... Mais ce n'était pas à lui de choisir le mal qu'il ramènerait de la guerre. Il était parti sans délai, sans discussion et même en hâte. Il n'avait pas choisi son arme. Il avait choisi d'accepter ce qui viendrait, quand ça viendrait, le bon et le mauvais sous n'importe quelle forme.

Il aurait pu rester civil et avait fait tout le contraire ; être payé, et il touchait quelque vingt sous. Il devait prendre ça avec le reste, sans discuter, même avec joie. Il n'était après tout que le brigadier Berger, matricule 2404, mais il était du moins le brigadier Berger.

Cette pensée qu'il faisait son métier, qu'il exécutait sa consigne, le détendit merveilleusement. Il se coucha calmé, heureux, et roula une autre cigarette pour jouir en paix de son bonheur.

Afin d'organiser ce bonheur dans son cerveau et de l'étayer sur une preuve matérielle dans ce nouveau monde où tout le trompait, il jeta les yeux sur son bras pour regarder sa plaque d'identité et se confirmer que cet homme en chemise, dans une cave qui ne s'ouvrirait peut-être plus jamais, mais où il mourrait malgré tout dans l'exécution de la consigne, était le brigadier Berger, matricule 2404. Il ne la vit pas.

Pourquoi la lui avait-on enlevée ? Avait-on craint qu'il ne s'en servît pour se tuer ? Qu'il n'en cassât le métal et n'en tirât une lame ? (C'était possible à la rigueur, puisqu'il y avait une moitié détachable...) Redoutait-on qu'il ne tuât quelqu'un avec un si faible instrument ?

Le considérait-on comme mort ?

Ou bien la lui avait-on retirée comme à un militaire indigne ? Ça ne c'était jamais vu ! Et puis qu'aurait-il fait qui justifiât cette mesure ? Peut-être pensait-on qu'il avait dérobé cette plaque ?

Qu'il ursurpait sa propre idendité ? Dans ce cas il aurait mal choisi.

Il se demanda qui pourrait bien lui envier sa situation d'enterré vif.

Il se chercha une faute militaire. Il se rappela qu'il avait eu scrupule à ne pas réclamer son sac, et cette histoire l'accabla de questions. Mais d'abord ce n'était pas à lui de le réclamer. On avait déposé les sacs sur ordre dans certaines voitures le jour où on avait été pris. C'était à ceux qui avaient donné l'ordre de faire procéder à la distribution ! Ensuite le réclamer à qui ? Quel était le chef du camp ?

Et qui avait donné l'ordre ? Il ne savait plus.

Les officiers avaient été emmenés à part probablement.

Et où étaient passées les voitures ? Il n'avait pas le droit de s'en mêler ! Enfin rien ne défend de s'évader !

Et un homme qui veut s'évader n'est pas tenu d'emporter son bagage ! Il était d'ailleurs prêt, si c'était légitime, à rembourser ce qu'il devrait éventuellement, bien que le pays n'en fût pas à ça près.

Que pouvait-on donc lui reprocher ? De n'avoir pas son livret militaire ? On ne le lui avait pas réclamé ! D'ailleurs, il était à sa place, à sa place réglementaire, dans la patelette du sac. Que Berger en fût enchanté c'était son affaire personnelle. Il l'avait toujours eu sur lui ; mais en le mettant dans son sac il était parfaitement en règle : c'était son droit, c'était son devoir ! S'il était content de ne pas l'avoir, c'était que son livret portait sa dernière adresse à Paris. Il avait fait enregistrer cette adresse la veille de son départ. Or il n'aurait plus à Paris ni famille ni situation, et craignait qu'une chinoiserie administrative ne l'obligeât à y revenir s'il se trouvait un jour rapatrié par les voies réglementaires.

La guerre lui avait tout fait perdre : son traitement africain, sa situation en France (où il venait à peine de rentrer). Il se trouverait sans travail en face de Dieu sait quelle situation de famille ! Au lieu que si toute la France n'était pas occupée sa maison lui confierait un poste dans la partie libre et il retrouverait plus facilement les siens (ou leur tombe. Il y avait longtemps que, privé de nouvelles, il ne pouvait s'empêcher de les imaginer morts, ce qui ne rendait pas ses réflexions plus gaies).

C'était donc une chance pour lui qu'il n'eût pas de livret dans sa poche. Et puisque cette chance s'offrait dans des conditions réglementaires on ne pouvait pas la lui reprocher !

On ne pouvait pas... qui sait ? (Il fallait bien qu'il y eût une raison à cette geôle !) Peut-être cette absence de livret l'avait-elle fait prendre pour un déserteur ? Mais d'abord ce livret on ne le lui avait pas demandé ! (Mais on pouvait l'avoir trouvé ?) Esuite il conservait sa plaque. S'il avait déserté, on devait bien se dire qu'il ne l'aurait pas gardée sur lui ! Peut-être alors le soupçonnerait-on de l'avoir volée comme il l'avait déjà pensé ? Mais pour quoi faire ? Pour se faire passer pour un soldat ? Bel avantage, surtout dans une défaite ! Qui pourrait bien bénéficier de se faire passer pour un soldat vaincu ? Un agent ennemi ? Mais il était entre les mains de l'ennemi !

Un agent ennemi ne risquait rien, au contraire, à être fait prisonnier par l'ennemi ! Il s'y perdait. Et puis on l'eût interrogé !

Peut-être aussi pensait-on qu'il avait déserté sans songer à jeter sa plaque ? Mais on savait d'où il venait ! A moins que les écritures, dans le premier désarroi, ne permissent pas de le rétablir. Mais alors on le lui aurait demandé ! Il devait s'expliquer ! Non, il ne fallait pas ; sinon il perdrait le bénéfice de pouvoir retourner un jour, éventuellement, dans une partie de la France où il retrouverait sa famille et où sa maison le reprendrait, — si toutefois il existait encore une telle partie de la France. Il ne fallait s'expliquer qu'en dernière analyse.

Il ne voyait pourtant pas d'autre raison possible à sa prison. On le prenait pour un déserteur ou pour quelqu'un qui usurpait, pour un motif à découvrir, l'identité d'un autre individu. Et cependant on aurait facilement des témoins de sa situation réglementaire partout où il était passé ! (Peut-être aussi était-ce difficile ?)

D'ailleurs son raisonnement ne tenait pas debout. Que pouvait importer à l'Allemagne le plus ou moins de régularité de la situation d'un humble brigadier dans une armée défaite ? L'Allemagne ?... Mais c'étaient des Français qui le soignaient !... Alors ?... Alors il était fou ?...

Ce décor de Monte-Cristo, ce sépulcre en sous-sol, lui semblaient prétentieux, trop emphatiques pour le destin d'un homme de troupe. Et puis ces chants et cette musique ! C'était du Grand Guignol ! Et cet après-midi de grand luxe, ce soleil, ces plâtres, cette lèpre théâtrale, cette misère d'opéra ! C'était prémédité ! Les gens de théâtre devraient savoir qu'à forcer les effets on passe le vraisemblable et on tue l'illusion ! le destin le traitait au-dessus de son grade ! Cette cave voûtée convenait peut-être au Masque de Fer ! Mais pas à lui !

L'explication était certainement là ! On devait le prendre pour un autre, pour un personnage important. A moins aussi qu'il ne fût important à son insu. Il se rappela l'histoire de Gaspard Hauser qui était sorti un jour hébété, titubant, sur le trottoir d'une petite ville allemande après être resté enfermé dix-sept ans, depuis sa naissance, dans une cave où il n'avait d'autre distraction qu'un cheval de bois et un ruban. Il ne savait dire que « dada ». Et quand il fut tué, il ignorait encore son crime. Sans doute Gaspard était-il né gênant.

Mais qu'est-ce qui pouvait bien donner une importance gênante à l'humble brigadier Berger ?

Le « secret de Planier » ? C'était ça ! Ce devait être le « secret de Planier » !... Sinon pourquoi Planier serait-il revenu si souvent dans ses songes, dans ses visions de cette nuit de défaite, lui qui était passé si rarement et, somme toute, occasionnellement, dans sa vie ?

Mais quel était ce « secret » ?... S'il avait pu le trouver ! S'il avait pu se rappeler ce que Planier lui avait dit dans ce sous-sol de « la Baraque » ! Un sous-sol ? Mais, au fait, son cachot du moment était aussi un sous-sol, une cave ! Etait-ce une pure coïncidence ? Voulait-on lui rappeler que ce qui était né d'un sous-sol devait s'expier dans un sous-sol ?

C'était bien tiré par les cheveux... Mais il fallait trouver quelque chose ! Il fallait une explication ! C'était peut-être la bonne !

— Voyons ! voyons ! se dit-il, je suis fou, je déraisonne. C'est de la persécution ! Mais si j'étais fou on me soignerait ! On commencerait par m'expliquer ma situation au lieu de me laisser dans cette nuit !

L'accordéon joua soudain une java de 1935. Il revit une rue de Paris ; c'était la nuit ; le pavé luisait : la pente était rapide, deux noctambules descendaient ; des becs de gaz aux flammes pâles formaient une perspective immense jusqu'au bout d'un horizon gris. Une lune toute mince, toute usée, de la couleur du plâtre rose, se levait au-dessus des cheminées d'un immeuble qui portait au plus haut balcon, tout le long de sa façade grise, une réclame de dentifrice. Deux sergents de ville en pèlerine tournaient le coin d'un trottoir lointain.

Le petit vieillard passa encore en trottinant, le long du mur blanc, comme un rat échappé d'un piège.

— Je suis fou ! se dit-il. Mais si c'était ça on m'expliquerait ! On ne me laisserait pas dans l'énigme ! Alors ?... Alors quoi ?... Que me veut-on ? On me fait passer d'un camp dans une chambre, en tête à tête avec un fou, et de là dans un tombeau. C'est qu'il y a contre moi une mauvaise volonté dont j'ignore l'origine ! Nécessairement ! sans quoi on m'eût interrogé ! On ne condamne pas ainsi quelqu'un sans jugement ! Où suis-je ? Dans une prison ou dans un hôpital ? Mais dans un hôpital on ne joue pas de l'accordéon ! Dans une prison non plus, d'ailleurs ! Que peut être cette maison ? Si on me fait subir ce sort-là sans aucune espèce de jugement, à quoi faut-il s'attendre encore ?

C'était le décor du *Dernier Jour d'un condamné.*

Voulait-on le fusiller ? Mais qui ? Pourquoi ? Les Allemands ?... Pour tentative d'évasion ?... (Il n'avait pas encore exécuté son projet !... Et puis on ne fusille pas quelqu'un pour tentative d'évasion !) Ou par erreur, en le prenant pour un autre ?

C'était vexant d'aller mourir bêtement, une fois la bataille finie, et sans même savoir pourquoi !

Mais enfin ce n'était pas honteux, c'était une petite consolation.

Mais il n'avait eu jusqu'ici, au moins sciemment, affaire qu'à des médecins français ? Ceux-là ne pouvaient pas lui reprocher sérieusement une tentative d'évasion ! Alors quoi ? Le prenaient-ils, comme il y avait pensé, pour un déserteur ? Mais ça ne tenait pas debout !

Et puis il était prisonnier ! Il relevait d'autorités allemandes ! Il n'y comprenait rien. De toute façon, si la mauvaise volonté venait d'autorités françaises, c'est qu'il avait affaire à des sadiques ! Ou qu'on faisait peser sur lui un soupçon infamant ! Et ça il ne l'acceptait pas ! Pourquoi ne l'interrogeait-on pas ? Il avait fait son métier jusqu'au bout ! L'après-midi où on leur avait dit que l'armée était prisonnière et qu'il fallait attendre, il avait attendu que la chose fût faite pour qu'on ne pût lui reprocher de déserter (bien qu'il ne fût pas sûr qu'il y eût là désertion puisque théoriquement, déjà, ils devaient se considérer comme prisonniers). Qu'auraient-ils fait ? Ils n'avaient pas de cartouches ! Et puis ça dépassait son rôle ! Il n'avait pas à se mêler de ça. Il était resté avec sa rame. Il avait attendu la fin. Il y avait eu sans doute un ordre auquel le capitaine avait dû obéir sous sa responsabilité, une responsabilité qu'il gardait vis-à-vis de ses supérieurs jusqu'au moment où les Allemands prendraient les prisonniers en charge. Le capitaine, jusqu'à ce moment, répondait peut-être, de sa parole et de sa personne, vis-à-vis des Allemands, de l'état de son effectif. Berger n'avait pas le droit de risquer la peau d'un autre pour défendre sa liberté. Quant aux hommes de sa rame, il ne lui était pas permis de leur donner des ordres contraires à ceux qu'ils avaient reçus de plus haut.

S'il était encore là, c'était donc par scrupule.

Et on le soupçonnait d'infamie ? Et il allait peut-être crever là sous le coup d'un soupçon idiot ? Car ce n'était pas mourir, ça s'appelait crever, crever comme un rat dans un trou !

L'accordéon lançait des valses.

Il songea à sa femme, il songea à ses filles.

Quand il pensait à lui, il ne s'attendrissait pas ; il se sentait crispé, raidi, avec les mâchoires clouées. Quand il pensait à elles, il se sentait attendri et tout de suite au bord des larmes.

Il songea à elles tout d'un coup, quand elles apprendraient cette nouvelle, et il pensa que, fidèle jusqu'au bout, il leur laisserait un souvenir infamant. Il y eut deux larmes qui giclèrent en décrivant une parabole et qui rebondirent dans l'assiette de métal.

Il fut stupéfait de ce spectacle. Il n'avait vu ça qu'une fois. C'était sa femme qui pleurait pour l'empêcher de faire un voyage. Elle avait la phobie de l'avion et se figurait des catastrophes. Il avait vu ses larmes sauter à vingt centimètres, sur la table !

Les siennes roulaient dans l'assiette. Sans crever. C'était un spectacle qui procurait la même surprise qu'une expérience de physique réussie. On en aurait fait un croquis pour le chapitre de la « tension superficielle ». Il inclina l'assiette, fit rouler les deux larmes, les réunit et observa leur petite membrane qui crevait au point de tangence. Ensuite il secoua l'assiette. Il restait étonné du côté mécanique de la physiologie humaine. Ces larmes avaient eu l'air d'être lancées par un ressort.

Il essuya ses yeux, roula une cigarette, et reprit l'écheveau de ses raisonnements, en regardant avec curiosité une petite tache qu'il y avait sur les dalles. Le soleil avait dû baisser légèrement, car la lucarne, maintenant, découpait sur le sol un rectangle plus long, une flaque dorée quadrillée de noir par les barreaux.

Un profil d'homme la traversa lentement.

Berger sursauta. Il se précipita à la fenêtre.

Il allait demander à quelqu'un !... Demander quoi ?... Peu importe ! Il questionnerait quelqu'un ! Mais ce n'était que le petit vieillard qui faisait sa ronde monotone. Et puis Berger ne se fiait plus à personne. Il ne fallait rien dire. Il ne fallait pas risquer de trahir le « secret de Planier ».

Il revenait à cette histoire.

Ce « secret de Planier » était-il important ?

Comment le savoir sans se le rappeler. Comment se le rappeler avec une mémoire qui ne fonctionnait que par intermittence ? (Chaque fois qu'une idée bifurquait, Berger perdait l'une des deux routes et revenait au point de départ par un circuit déjà vingt fois battu.)

Peut-être, sans le savoir, Berger avait-il pris, du fait qu'on le lui avait confié, une importance qui expliquait sa présence dans cette cave ? Mais qui ce secret pouvait-il bien intéresser ?

De toute façon il devait se taire, il avait donné sa parole. Avait-il donné sa parole ? A la lettre peut-être pas, mais il avait dit qu'il se tairait ; dans l'esprit c'était la même chose.

Lui reprochait-on d'avoir trahi le « secret de Planier » ? Il ignorait ce qu'était ce secret ! Mais peut-être à un autre moment s'en était-il souvenu quand même ? Peut-être l'avait-il oublié depuis ? Peut-être avait-il eu, à tort, confiance dans quelqu'un qui s'en était servi pour faire du tort... à qui ?... à quoi ?...

Peut-être aussi, tout au contraire, s'était-il trop méfié de tout le monde ? Peut-être avait-il promené sur le « secret de Planier » un silence si ostensible qu'on l'avait pris pour quelque espion ? Un criminel ? Un conjuré ? Au moins un individu louche ?...

Ou un fou ?... Mais, cette hypothèse, il l'avait déjà écartée. Ce secret pouvait-il donc être une chose si importante ? Sans se le rappeler, Berger ne pouvait-il en évaluer la densité probable ?... Et si c'était tout simplement une chose que Planier avait dite en passant, dans une conversation banale ? Mais pourquoi aurait-il alors demandé ce silence à Berger ? Peut-être, en fin de compte, tout simplement parce qu'il y avait pour lui un intérêt secondaire à laisser la chose ignorée pour vingt-quatre heures ou même pour la soirée ? Et ignorée de qui ? Peut-être d'un homme qui était mort depuis longtemps ! Ou qui ne s'en souciait pas, mais dont Planier, peut-être, supposait simplement, et par acquit de conscience, qu'il valait mieux qu'il ne sût pas ?...

Et puis Planier lui avait-il bien demandé le silence ?

Oui, ça, Berger revoyait la scène ! Il revoyait les mains de Planier sous le lavabo, la grosse femme derrière la soucoupe, et les étoiles dans les platanes, sur la terrasse, et le Peau-Rouge, et les autres, et tout ! Mais pouvait-il encore se fier à sa mémoire ? Il s'était aperçu parfois qu'il faisait glisser plusieurs souvenirs l'un sur l'autre... Mais à ce compte-là on ne croirait plus à rien. Eh bien quoi ? ne plus croire à rien c'était bien ce qui lui arrivait !

Mais c'est une maladie ! Ça se soigne ! C'est une chose qui vous conduit à l'hôpital ! Eh bien ! l'hôpital, il y était ? On l'enfermait tout seul parce qu'il se méfiait de tout le monde ! C'était peut-être là l'explication ! Mais oui !

Mais non ! Il la trouvait trop simple. Il faut se méfier des choses trop simples.

Alors ? Où en était-il de ce « secret de Planier » ?

Ah ! Oui ! Peut-être l'accusait-on de l'avoir trahi ?

Il l'avait peut-être retrouvé dans le sommeil et dit en songe ? Maintenant il ne s'en souvenait plus ; mais s'il lui arrivait de s'en souvenir encore et qu'on le lui demandât, tiendrait-il sa parole ? Aurait-il la force de se taire ? On lui voulait du mal puisqu'il était ici, dans une cellule ; par conséquent on pouvait le lui arracher à force de mauvais traitements !

Se tairait-il ? Il devait prendre des mesures qui lui permissent d'en être certain.

Avait-il eu peut-être un moment de lâcheté dont il ne se souvenait pas ?

Il se rappelait avoir vu dans la chambre où le tirailleur imitait le rossignol, l'œil de Planier, cet œil presque sans blanc qui ressemblait à celui de Pantalona, isolé sur un fond d'émail, comme une affiche dans un couloir de métro. C'était l'œil que Planier avait tourné vers lui en lui demandant de se taire. Mais c'était aussi l'œil de Caïn dans la tombe, l'œil du remords. L'interprétation était plausible !

Il fallait donc qu'il y eût eu remords ! S'il y avait eu remords, c'est qu'il y avait eu faute ! Il aurait donc trahi le secret de Planier !...

Mais son raisonnement contenait une lacune. Il pouvait y avoir eu remords pour une faute imaginaire ou pour autre chose. Comment savoir ? On s'y perdait !

Et puis ce n'était qu'une interprétation possible.

Ce n'était pas nécessairement la bonne !

Elle était assez hasardeuse. Mais elle pouvait théoriquement se soutenir. Et qu'elle ne fût pas nécessairement la bonne ne suffisait pas pour la faire rejeter. La rejeter était trop facile. Il fallait craindre que l'intérêt, dans cette histoire, ne se fît complice de la raison.

Si Berger avait commis une faute aussi grave, la première chose à faire était de la regarder. Qui sait quelles conséquences elle pouvait avoir ? Toute hypothèse était permise !

Si c'était un secret d'Etat ! Les secrets d'Etat ne courent pas les rues ; mais le hasard d'une relation, d'une imprudence, d'une amitié — que savait-il ? — pouvait mettre ce secret entre les mains d'un homme qui n'avait rien à voir là-dedans !

Planier avait peut-être eu, par une voie fortuite, des renseignements extraordinaires dont dépendaient l'argent, le sort, la vie de plusieurs personnes ; qui pouvaient nuire à des innocents.

— Je suis fou ! se dit Berger.

Mais que pouvait opposer le raisonnement purement théorique à une hypothèse de ce genre ?

« Nuire à des innocents »... Il était justement sans nouvelles de ses parents, de sa femme, de ses filles, de tous les siens, depuis... depuis quand ? (un mois ? six mois ?...). Il avait eu une ou deux lettres de sa femme, des lettres qui dataient de bien avant la défaite et qui avaient dû traîner longtemps, avant de venir, dans des bureaux de poste torrides où des gens s'ennuient en blouse grise, et dans des gares d'aiguillage, au crépuscule, quand les trains s'appellent en sifflant, s'ébranlent comme pour partir, reviennent, attendent, repartent, reviennent et ne veulent jamais démarrer complètement, et le chef de gare en casquette blanche intervient lui-même sur les quais pour brusquer leur résolution avec quelque chose de bourgeois dans le costume et de puéril dans les moyens — le sifflet, le drapeau — qui étonnent l'esprit quand on le voit si aisément remporter la victoire sur ce paysage métallurgique et désolé.

Mais ces lettres qui venaient de si loin dans le temps, et d'une écriture si bizarre qui n'était plus celle de sa femme (peut-être les avait-elle écrites en hâte, dans un café, avec une plume inhabituelle ?) il ne croyait pas qu'elles fussent d'elle. On devait les lui truquer, pour lui donner de l'espoir, en pensant qu'elles le tromperaient si on le traitait en malade, ou, si on lui reprochait quelque chose, pour le torturer en les truquant assez grossièrement pour qu'il s'aperçût de la supercherie. Ou bien c'étaient des lettres posthumes.

Sa femme était morte, c'était sûr. Ou alors détachée de lui, puisqu'elle ne lui écrivait plus. Son père était mort, sa mère morte. Ses jumelles étaient mortes. Il les voyait encore comme à sa permission de Noël. Il y avait eu des matins de brume légère où la petite gare, au bout de l'avenue, se coiffait d'un soleil rose pâle entre deux haies de platanes qui perdaient leur écorce et ressemblaient à des serpents qui muent, des najas dressés sur leur queue pour quelque immense cérémonie. Devant les cafés les garçons jetaient de la cendre sur la glace. Il avait acheté pour ses filles deux flûtes en celluloïd, des violettes, deux harmonicas, une boîte japonaise à secret et une bonbonnière en verre gravée d'une frise de feuilles dorées. Il lui semblait, chargé de ces trésors étranges et nimbé de la brume de décembre, sur le cristal de l'avenue glacée, qu'il rentrait dans la vie civile comme dans un salon ciré, entre deux haies de serpents à lunettes.

Les deux petites dormaient encore dans leur chambre.

La moins blonde avait toujours la tête qui pendait hors du lit. Ses cheveux sentaient encore la balle d'avoine comme l'oreiller de son berceau ; l'autre avait une odeur de laine et de lavande, de jersey neuf. Et maintenant elles étaient mortes.

Mortes ? Pourquoi ? Il était fou !

Et sa femme ? Sa femme était morte...

Il revoyait une petite ville d'Italie, un soir d'hiver, de brume, de vague pluie. Il devait embarquer le lendemain. Tout ça sentait le départ et le dernier chapitre. Ils avaient froid. La mer était sinistre. Dans une rue pavée de gros cailloux il y avait une ancre de pierre à la mémoire des marins morts.

C'était ce port d'où part la malle des Indes, qui avait parlé à son enfance de grands voyages et du parfum des colonies. La petite ville, à cette époque, se peignait encore dans sa mémoire sur le papier du salon d'un notaire où l'on voyait chasser le tigre du Bengale sous des palmiers dorés qui mélangeaient leurs palmes aux bulbes de temples hindous.

Au sortir de la gare, ils n'avaient rencontré que le

froid, la pluie, la nuit. Leur hôtel, au bord de la mer, était une longue maison basse, avec des balcons de fer forgé, dont il n'attendait rien qui vaille.

Quand ils étaient entrés, transis, ils avaient trouvé un grand feu dans une immense cheminée, des bûches grosses comme des troncs d'arbres, des gens assis dans de profonds fauteuils, de la lumière à profusion et le patron qui offrait du champagne ; un air de fête et de facilité : c'était la nuit de la Saint-Sylvestre !

Il revoyait ce bonheur trouvé soudain dans la flamme d'un feu de bois et dans une goutte de vin à l'abri de la mer et du froid, au fond de l'avant-goût amer d'une séparation qui serait longue.

Toujours partir... Et cette fois-ci, dans cette cellule, ce serait sans doute le grand départ... Où était-elle ? Si elle se souvenait de ce jour-là, que pensait-elle ? Il la revoyait, le lendemain, au plus haut étage de l'hôtel, sur le balcon peint en vert pomme. Il avait déjà embarqué. La mer était toujours lugubre et le bateau avait déjà deux heures de retard. Elle attendait là-haut depuis le dernier coup de sirène. Tout ce temps-là, ils avaient dû se regarder sans rien se dire. Ils ne se verraient plus de six mois. Elle était devenue toute petite; elle n'était plus que comme un i sur la façade. Elle agitait un mouchoir blanc. Il lui faisait signe. Elle n'était plus que comme un point. Il lui faisait signe. Elle n'y était plus.

L'hôtel, la rive, le phare, l'horizon tout entier se repliaient au bout du monde comme un éventail qui se ferme, pour ne plus former qu'une barre grise au bout de la mer et se noyer finalement dans les nuages.

C'était fini. On était en janvier ; la nuit tombait. Il

n'y avait plus qu'une eau sinistre et des lumières qui s'allumaient sur les ponts. Il faudrait plusieurs jours encore avant d'apercevoir le phare d'Alexandrie.

C'était fini. Il n'y avait plus que des plâtras, des décombres et des orties. Et le petit vieux dont l'ombre aiguë traversait la plaque de soleil sur les dalles de la cellule.

C'était fini et bien fini. Il ne restait plus que des décombres. A quoi bon revenir de tout ça ?

Les accordéons s'étaient tus. La voix de femme chantait dans le vide *Le Temps des cerises*. Elle disait qu'il était court, qu'il fallait éviter les belles et craindre les chagrins d'amour. Elle promettait qu'il reviendrait et que les filles seraient folles. Et qu'elle n'en guérirait jamais.

En quoi tout cela le concernait-il ? Il avait connu le chaud et le froid, la peine, le temps des cerises et celui de la neige ; il avait peiné de son mieux ; il avait tenu à son rang le rôle qu'on lui avait assigné dans cette guerre ; il avait fait avec plaisir son métier de roulier dans cette armée d'Alsace qui n'était plus qu'un souvenir... Maintenant c'était fini, fini... Maintenant il n'y avait rien à faire. La France n'était plus qu'un reste, une touffe d'orties sur un tas de briques. A quoi bon revenir de tout ça ? Il n'avait pas su la défendre. Il croyait avoir fait son dû, mais ce n'était sûrement pas assez puisqu'elle n'existait plus quand même. On avait bien fait de le mettre là. Le brigadier Berger n'avait plus rien à faire.

On l'avait mis dans ce dépotoir pour lui montrer que la pièce était jouée, que maintenant on n'avait plus besoin de lui, qu'il était de trop dans cette histoire. On n'y avait plus de chevaux à panser, à enterrer ou à conduire, il n'y avait plus de gardes à prendre ; plus de convois à faire passer, plus de camarade avec qui boire un verre. Il n'y avait plus besoin du brigadier Berger.

A quoi bon revenir de tout ça ! Où revenir ? Il n'y avait plus de France ! Pensait-on donc qu'il fût trop petit pour en mourir ?

Mais c'était s'accorder une bien grande importance.

Sa vanité pouvait lui dicter ça. Ou sa lâcheté. Il fallait réfléchir.

La maison s'emplissait de cris, de rires, de bruits d'accordéon.

Un soldat, se disait Berger, ne doit pas revenir vivant de cette guerre.

Il se sentait sombre à mourir.

S'ils s'étaient mieux battus, on n'en serait pas là. Il avait fait ce qu'on lui avait dit. Mais ce n'était pas assez quand même puisque le pays en était là. Il ne pouvait supporter cette idée. Il n'avait plus de nouvelles ; sa famille était morte ; tous ceux qui étaient soldats d'abord, ensuite les hommes, les femmes, les petits. Depuis le temps il aurait su quelque chose.

Mais quel pouvait bien être son tort dans cette histoire ? Il fallait bien qu'il en eût un, à moins d'avoir affaire à des fous, puisqu'il était dans cette cellule.

Et il revenait encore à ce « secret de Planier » en

se disant que, sans le savoir, il l'avait peut-être trahi. Tout ça était invraisemblable ; mais le réel ne l'était pas moins que l'imaginaire... Ces femmes qu'on avait vues souriantes, au bras des soldats allemands...

Le soleil tapait toujours sur le plâtre et sur les dalles. Les accordéons faisaient rage. Il entendait des cris, des rires, des pas, des pleurs, des pleurs d'enfants et des rires de femmes, ou alors des rires d'enfants et des pleurs de femmes. C'était au-dessus de lui sans doute. Ces bruits n'étaient pas supportables. Mais c'était encore une chance qu'il y manquât le chant du rossignol ! Cette femme criait. Que pouvait-on lui faire ? Il y avait des piétinements. Les enfants riaient ou pleuraient. Non c'était la femme qui riait, c'étaient les petites filles qui criaient. Que se passait-il ? Et ces accordéons de complainte qui brodaient là-dessus des javas ! Il y eut des voix confuses. Mais on ne comprenait pas.

C'était le rire de sa femme, c'étaient les pleurs de ses jumelles. Et tout d'un coup il lui sembla qu'il entendait, de cette cave, violer sa femme sous les yeux de ses filles. Et c'était sa femme qui riait. Ou bien ses filles ? Il ne savait quel était le plus affreux. Il attrapa les bords du sommier métallique et les serra tant qu'il pouvait, tendant l'oreille. Il ne se pouvait pas que ce fût vrai ! Mais c'était bien la voix de sa femme, c'était bien la voix de ses jumelles.

Et on l'avait bouclé là pour qu'il ne pût rien faire ! C'était fini, il ne pouvait plus accepter ça.

Jusqu'à ce moment il gardait le sourd espoir de s'évader à un moment ou à un autre. Maintenant il n'y avait plus de raison.

La silhouette de Planier traversa le rectangle d'or

que la lucarne découpait sur le dallage. Elle lui faisait « chut ». Il n'y comprenait rien.

Ce qui l'étonnait c'est qu'à travers toutes ces histoires, aux pires moments, Planier gardait toujours son calme, cet air à la fois d'ironie, de mystère et d'espoir qui, jusqu'au fond de l'horreur, lui rendait à lui-même l'espoir et l'ironie, en filigrane, à travers tout.

Mais cette fois ce n'était pas possible. Quel espoir pouvait-il rester ? Quelle ironie était-elle à sa place ?... A moins qu'il n'eût déraisonné ! Il écouta. On n'entendait plus rien.

— J'ai rêvé, se dit-il. Pourtant !... Une hallucination de l'oreille ?

Il lui semblait avoir lu dans un livre que l'hallucination de l'oreille était une caractéristique du délire de la persécution.

— Si c'est ça, se dit-il, je suis bien !... Ça vaudrait quand même mieux que le reste.

Mais à ce moment-là les pleurs recommençaient, les cris, les piétinements, et les accordéons. Et, plus affreux que tout, les rires. Maintenant il ne pouvait plus douter.

Le petit vieux passa dans la cour entre le tas de briques et la brouette. Il le reconnut ! C'était le père de sa femme ! Il fut sur le point de l'appeler. Il le reconnaissait. Mais qu'il avait vieilli ! Il était voûté, décrépit. Et ce melon invraisemblable ! Et cette veste à carreaux ! Mais c'était son profil, c'était sa barbe. Il fut sur le point de l'appeler. Mais l'ombre tremblante et furtive avait déjà disparu dans les restes d'un magasin sur lequel une planche grossière portait encore le mot « Epicerie » écrit en grosses lettres noires.

Tout se liait. Sans doute son beau-père avait-il eu

vent de quelque chose et venait-il chercher à savoir ce que pouvait devenir sa fille.

— Je suis fou ! se dit Berger.

Il revint à son lit. Il retrouva la voûte et le judas grillé, le rectangle d'or de la lucarne sur les dalles et l'ombre des barreaux découpée par le soleil.

— Suis-je fou ? se dit-il.

Il entendit les rires. Il se dit :

— Je ne suis pas fou.

Ainsi tout le monde acceptait cette honte ? Et lui, au fond de cette cage, il ne pouvait rien faire ?

C'était fini. Il n'y avait plus aucune raison pour s'évader.

D'ailleurs, si c'était une vision, s'il sortait de là un jour, guéri, si on le renvoyait au camp, qu'adviendrait-il ? Que ferait-on de lui ? On l'enverrait travailler en Allemagne ? Il n'avait pas le droit de le faire sans l'autorisation d'un chef. Et les chefs se trouvaient dans d'autres camps.

Et puis cette scène atroce, au-dessus, ces rires, ces pleurs, n'était-ce pas vrai ? Quand on l'avait vu si malade on avait dû prévenir sa famille. Elle était venue. Sa présence s'expliquait. Quant au reste... il avait bien vu, à l'avant-dernier kilomètre, le jour de la marche forcée, ce que pesait la foi des femmes. Malgré tout, il ne pouvait pas croire. Mais les événements n'avaient-ils pas prouvé qu'il faut croire jusqu'à l'incroyable ? Il n'avait pas le droit de penser ça. Mais ses oreilles entendaient encore la scène. Elle revenait comme une rage de dents. Il s'assit. Il crispa les mains sur les barreaux de son sommier et se retint de hurler. Son front suait.

Il se répétait : « Il faut attendre, il faut attendre, il faut attendre... Je n'ai pas le droit de penser ça... »

Cela dura longtemps. Ensuite il retomba, épuisé, sur son lit.

Le « secret de Planier » revint ensuite. Ce « secret », saurait-il le garder ? Saurait-il résister à tout pour le garder ? Qu'est-ce qui le lui prouvait ? N'était-ce pas, dans le doute, une lâcheté de ne rien faire pour être sûr de le garder, s'il existait, et s'il lui revenait en mémoire ?

Mais il était bien prétentieux à l'humble brigadier Berger d'aller se figurer que tout d'un coup on lui attachât de l'importance pour une raison aussi hypothétique ? L'échappatoire lui parut trop facile. Se trompait-il par vanité ou par lâcheté ? La modestie lui épargnait un dilemme ! Saurait-il se taire ou non ? Manquerait-il à sa parole ?

La question était là. Il fallait répondre.

Manquerait-il à sa parole ? S'il disait oui, c'était tout de suite réglé. Mais, même s'il disait non, s'il affirmait que, quelles que fussent les pressions, il se tairait, c'était peut-être téméraire (témérité, fanfaronnade) ; cabotinage en face de soi.

Si, quelle qu'en fût l'invraisemblance, c'était à cause de cette histoire qu'il était là, il avait une preuve terrible qu'on ne reculerait devant rien pour le faire parler. Qui « on » ? Il ne pouvait en avoir une idée. Mais une lâcheté pourrait avoir — qu'en savait-il ? — des conséquences atroces pour d'autres ?

Etait-il trop petit pour son destin ? Il ne s'agissait pas de se mentir à soi-même. Ce n'était même pas modestie que de se juger trop petit pour une destinée d'exception (on ne choisit pas sa destinée), c'était lâcheté.

Mais d'autre part où était le courage ? Mourir tout de suite était-ce courage ou lâcheté ? Lâcheté d'une part puisque c'était pour éviter le pire ; courage, puisque c'était aussi pour être certain de bien faire. Et puis lâcheté, c'était facile à dire pour s'épargner de faire le geste immédiatement !

Le « pire » qu'il y avait peut-être à redouter n'était que futur, éventuel ; le pire était possible, il n'était pas certain. Au lieu que le geste à faire devait être fait tout de suite. On pouvait venir à tout instant et, puisqu'on en était déjà à la cellule avec la privation de tout moyen de suicide, que pourrait-on employer encore comme moyen de coercition ?

Il fallait être sûr de tenir sa parole. Radicalement. Pouvait-il répondre de lui ? Peut-être pas dans n'importe quelle circonstance.

Bien. Alors ?... Serait-il trop petit pour se tuer ?...

Il fallait le faire. Tout était dit. C'était le lieu, c'était le moment, loin de tout regard, de prendre sa mesure exacte. Il était sûr, dans cette tombe, que nul jugement n'influençait sa décision. Il apprenait jusqu'à la moelle une chose qu'il est très difficile d'apprendre dans le courant de la vie ordinaire : c'est qu'un homme, sur cette terre, n'a pas d'autre juge que lui-même. Il avait voulu tout ou rien. Il n'aurait rien. C'était bouclé. Il n'y avait qu'à payer la note et à se présenter devant Dieu. On ferait un trait sur le nom du brigadier Berger, matricule 2404, au bureau de la compagnie, un jour de soleil, savoir quand ? devant les crayons et l'essuie-plumes. Peut-être même une âme sensible aurait-elle un mot pour le plaindre entre deux couplets de romance.

Il n'y avait pas à faire de sac, ni de valise.
Il n'y avait pas à atteler.

L'accordéon jouait la *Valse marseillaise*. Berger revit Pantalona mélancoliquement attachée aux barreaux de son lit de malade, broutant des reflets et des ombres sur l'encaustique du plancher qui sentait le miel. C'était dans le premier hôpital. Il se rappelait maintenant qu'il en avait connu plusieurs. L'un d'entre eux était une école. Peut-être même avait-il couché dans la salle où il avait passé le bachot ?

Pantalona avait brouté devant la table de l'examinateur de chimie ! Il vit Pantalona répondant aux questions de l'examinateur de chimie. Pantalona voulait passer le bachot.

Cette ville n'attendait donc Berger que pour des départs et pour des examens ? Aujourd'hui c'étaient les derniers. Il s'étonna du romanesque de la vie qui le ramenait pour mourir devant l'école de sa jeunesse, où le professeur de rhétorique ne manquait pas de dire que Corneille place ses personnages devant des cas de conscience qui, heureusement, ne se posent pas dans la vie.

Que lui auraient dit ses anciens maîtres ?

Ils lui avaient fait lire Plutarque ; ils ne l'auraient pas désapprouvé.

Il revoyait leurs bras coupés par l'autre guerre, leurs pantalons bleu horizon qui dépassaient leurs soutanes anonymes, les molletières des « deuxième classe », et leurs médailles militaires, et celui dont la tête n'était plus qu'une bouillie. C'étaient des hommes, et des Français.

Non ; ils l'auraient traité de lâche ; ils lui auraient dit qu'on n'a pas le droit de désespérer.

Il les vit venir comme des juges, dans leurs grandes robes, avec leurs jambes de bois et leurs fronts trépanés.

Le sergent d'infanterie Ramel, le professeur de rhétorique, monta en chaire, et le préfet de discipline, un lieutenant d'artillerie, ouvrit un énorme registre qui était un cahier de punitions ; et le surveillant des grands, celui qui n'avait plus de face, se tenait tout droit dans l'ombre où sa tête surnageait, sans nez, sans sourcils et sans lèvres, sous forme d'une boule blanche et rouge, couverte de coutures comme un ballon de football.

Berger baissa la tête comme un mauvais élève.

Le surveillant lui expliquait qu'il fallait tenir bon. Mais le surveillant n'avait pas entendu violer sa femme au son d'une valse pendant que ses filles poussaient des cris. Il n'avait pas vu défiler une armée sans chevaux, sans armes et sans espoir devant des Françaises souriantes. Il n'avait pas entendu le chant du rossignol pendant des huit jours et des huit nuits d'insomnie devant un tirailleur à lunettes qui était capable de siffler comme une machine remontée avec une clef.

Il n'avait pas connu surtout l'angoisse de se dire que, si ces tortures sont dépassées, on sera peut-être acculé à trahir sa parole. Il ne savait pas que la France n'était plus qu'un souvenir.

Ils s'en allèrent d'un air triste, avec un regard de reproche — et Berger était au supplice —, sans même rien lui dire de sévère, comme dans un cas désespéré. Ils l'avaient traité comme un homme pour lequel il n'y a plus qu'à prier.

— Je ne recommencerai pas, faillit leur dire

Berger. On ne se tue qu'une fois dans sa vie. La première faute est toujours excusée.

Il se sentit affreusement triste.

Il n'y avait plus que Pantalona, ombre diaphane, qui léchait le poteau de la barre fixe dans la cour de récréation.

Le départ approchait, la planche était tirée, le bateau avait sifflé trois coups.

Sa femme, ses filles, sa mère, son père, il valait mieux n'y pas penser.

Ce qui le navrait le plus, c'était de songer que personne, s'ils étaient en vie, ne pourrait leur expliquer son geste et plaider sa cause.

Il revit la salle à manger où s'était passée son enfance, où il avait compté sous la lampe les moutons perdus par le berger, l'âge du père qui sera trois fois plus vieux que le fils quand le fils aura atteint l'âge de son frère aîné, et le volume d'eau des deux baignoires qui ne mettent pas le même temps à se remplir (il y en a toujours une qui triche).

Il se rappela la lampe à pétrole, celle de tous les jours et celle du grand salon qui était ornée d'une crinoline à fanfreluches comme l'impératrice Eugénie. Il se rappelait l'âge de la lampe à pétrole; comment pouvait-il être si vieux ?

Et ses frères aux doigts tachés d'encre qui se battaient à côté de lui sur le tapis rouge de la table, contre les mêmes fils, contre les mêmes pères et contre les mêmes moutons, et se noyaient dans les mêmes baignoires, où étaient-ils ? Pas de nouvelles non plus. Dans quel camp de prisonniers ? Sur quelle route ? Dans quelle tombe ?

Il se rappela son père regardant le baromètre, dans le couloir, au-dessus du porte-parapluies, et son cheval devant la porte dans le brouillard ; et sa mère qui coupait du papier transparent pour mettre sur les pots de confitures ; elle le trempait ensuite dans le rhum, dans une soucoupe chinoise dont on rêvait la nuit et qui était presque aussi magique que les boîtes de chicorée du Pélican (il y en avait de bleu ciel et de rouges ; mais le pélican était toujours d'un rouge foncé, et de l'autre côté il y avait un château, avec des tours carrées, la mer et des pins parasols dans une circonférence dorée).

Il revit sa femme qui s'en allait, emportant un costume civil, sur une route, le jour où ils étaient partis, dans un vacarme de voitures (mais où, mais quand ?) ; il se rappela un pré mouillé, des chevaux blancs et du brouillard, des fouets qui claquaient, des jurons, des ordres qui chassaient les femmes ; et comme elle était loin, comme elle devenait petite, et comme elle disparaissait !

Et maintenant, là-haut (non, ce n'était pas possible !), là-haut ces rires, ces cris qui recommençaient !

Et ses jumelles endormies, celle qui sentait la balle d'avoine et celle qui sentait la laine ! et Figaro couché entre elles ! Et là-haut, de nouveau, il les entendait rire. Et pourtant il les savait mortes. Si elles ne l'étaient pas, qui deviendrait leur père ? Il se sentait triste à pleurer.

Il balaya tout ça d'un coup. Il ne resta plus que la vieille salle à manger, un soir d'hiver, dans une petite garnison lointaine où la neige tombait sans fin pendant des mois. Son père, sa mère étaient sortis. Ses frères dormaient. Il était resté là pour finir un devoir.

La lampe fumait un peu. A chaque frisson de la

flamme on voyait sursauter les portraits des grands-oncles dans des cadres noirs ou dorés. Ils étaient peints sur des fonds de champ de bataille, en barbiche du second Empire, avec des tuniques à grande jupe qui devaient froufrouter comme des robes de satin. L'oncle Eugène, qui était civil, avait l'air d'un mouton frisé. Que diraient-ils, s'ils le voyaient ? Sans doute seraient-ils moins sévères que ses vieux maîtres. Le grand-oncle Eugène citerait une phrase latine en se figurant qu'il clarifiait la situation, car l'essentiel dans l'existence est de trouver la phrase latine qui convient le mieux aux circonstances.

Ils descendirent lui tenir compagnie, à cette heure malgré tout solennelle de sa vie, comme autrefois, ce soir d'hiver, dans la vieille salle à manger.

C'était d'eux, dans ce dernier instant, qu'il attendait le plus d'indulgence. Il chercha quelque citation qui pût plaire au grand-oncle Eugène ; il ne trouva que le salut des gladiateurs. Mais c'était beaucoup trop brutal pour ses yeux bleus et son ombre timide. Et cette cave devait l'enrhumer. Berger se rappela le cadran solaire du vieux jardin, et l'inscription, sous les pivoines, quand les abeilles bourdonnaient... « Ultima necat », dit-il enfin. C'était le mot de passe mystérieux d'une enfance éblouie par un jardin sauvage, la fraise qui embaume, le fenouil qui grise, la prune chaude qui tombe dans le silence torride d'une après-midi de septembre. Et l'oncle Eugène eut l'air si satisfait ! Il rentra lentement dans son cadre avec un bon sourire d'éducateur comblé.

Après ça Berger dit adieu aux camarades, les bohémiens et les rouliers de l'armée d'Alsace, avec lesquels on avait malgré tout passé un bel hiver sur les routes glacées et bu de bons coups dans les auberges alsaciennes, prenant le bon et le mauvais comme ils venaient. Il ne boirait plus avec eux. Il leur souhaitait plus de chance qu'à lui. Mais c'était un plaisir de les laisser vivants, la plupart tout au moins, et de penser qu'un jour, sans doute, ils reviendraient dans leurs foyers avec leurs femmes et leurs enfants, et qu'ils mettraient une bouteille sur la table pour fêter cet événement.

Après ça il pensa aux morts qu'avaient déjà faits les deux guerres et leur envia la croix qu'ils avaient sur leur tombe.

« Il suffisait, disait Planier, de savoir qu'on pourrait le faire. »

Pour Berger il *fallait* savoir. Et ce serait bien ainsi. Il voulait être sûr d'exécuter jusqu'au bout la consigne. Comme ça, ce serait définitif.

Ce qui le navrait, c'est que, prêt à mourir pour bien faire, il allait crever là comme un rat dans un trou et qu'il n'y aurait pas une pensée qui pût le retrouver dans sa tombe. Il serait enterré comme un chien.

Et l'odieux n'empêchait en rien le ridicule. Ce tringlot qui se tuait en chemise au fond d'une cave avait quelque chose de grotesque et de navrant. Dans Plutarque on meurt plus drapé.

Mais il se figurait qu'il y avait une consigne : on ne discute pas une consigne. Une parole à tenir : on doit tenir une parole quand elle est librement donnée.

Ce qu'on ne peut pas changer ne vaut pas une larme.

Il se défendit de penser à sa femme, qui était la mère de ses enfants ; à ses enfants qui appelleraient un autre : père.

Il ne se mit plus qu'en face de lui et en face de Dieu : « Mon Dieu, dit-il, je sais que je vais agir lâchement, je sais que je n'ai pas le droit de supprimer ma vie ; je sais que j'ai été halluciné, que je le suis peut-être en ce moment, que je ne sais plus où sont le vrai et le faux, mais je sais que j'ai assez de raison pour savoir que je suis coupable en agissant comme je vais le faire et je vous supplie de me pardonner. »

Il confessa le ridicule et la prétention de ce tringlot qui se tuait en chemise au fond d'une cave. Mais Dieu savait qu'il n'agissait ainsi que pour être sûr de ne pas trahir l'humble devoir de son état. Il le supplia d'en tenir compte à son pays, à sa femme et à ses enfants.

« Pour moi, dit-il, je m'en remets à votre pitié. Vous avez fait du désespoir le crime suprême parce qu'il doute de vos forces. Mais vous savez que je ne doute que des miennes, que je n'ai jamais douté des vôtres et que j'y croirai jusqu'au bout. Je vous demande de me recevoir et de m'absoudre. Et mort ou vif j'espère en vous. »

— Et voilà, se dit Berger, ça y est. Tout est réglé, tout est bouclé... « Sombre dimanche... »

Tout était sombre sauf le ciel de cette après-midi torride et la plaque d'or de la lucarne sur les dalles. Berger fut étonné de se sentir si léger. Il commettait le pire des crimes ; comment se faisait-il que Dieu ne lui inspirât pas plus de honte dans un moment si solennel ? Que voulait-il de lui ? Jamais au fond de son cœur, au plus intime de sa sincérité, Berger ne s'était senti plus gravement coupable, et jamais cependant il n'avait eu autant d'espoir. Il ne se sentait qu'une excuse, il ne trichait pas, il donnait tout, il jouait franc jeu. Il se sentait honteux de ne pas être plus triste. Ne devait-il pas cette tristesse à Dieu qu'il offensait, à sa femme, à ses filles, à ses parents, à son pays ?

Il pensa à Pantalona qu'il trouverait peut-être de l'autre côté, pour faire la route. Sale animal ! Il n'aurait jamais vu autant de bornes kilométriques !

Mais comment pouvait-il se faire que Berger ne fût pas triste ? Il craignait que ce ne fût indécent.

Il se sentait affreusement sombre, mais physiquement, si on peut dire ; et tout léger. Peut-être Dieu voulait-il adoucir les derniers moments de sa vie, lui donner un répit et, de cette folie dont il l'avait tant tourmenté, lui faire maintenant une aide ? C'était son affaire personnelle, de toute façon ça ne regardait pas Berger ; il n'avait qu'à prendre l'humeur que Dieu voulait bien lui donner, bonne ou mauvaise, et à faire son travail dans le bonheur, dans la folie, dans la raison, ou dans la peine.

A chacun son métier, le brigadier Berger faisait le sien comme il pouvait, Dieu faisait le sien comme il l'entendait. Il n'avait pas à s'en mêler. Chacun son grade.

Mais pouvait-on régler ses rapports avec Dieu avec une telle désinvolture ? N'était-ce pas sacrilège ? Voilà, c'était comme ça ; mais n'était-ce pas tenter Dieu ? Il se jetait du haut d'un pont et il disait à ce pont : « Je sais que tu peux me garder. Je me jette dans l'eau. Je suis bien déterminé à ne pas passer sur ta chaussée. Mais si tu veux me garder tu me garderas quand même. »

N'était-ce pas l'histoire de l'Evangile, quand Satan dit au Christ de sauter du haut d'un toit en faisant valoir que des anges peuvent l'arrêter dans le vide ?...

Voilà, c'était comme ça.

Pouvait-on sincèrement dire à quelqu'un, sans parler de Dieu : « Je me jette contre toi, de toutes mes forces, je vais faire tout ce qu'il faut pour gagner, mais je veux que ce soit toi qui gagnes ? »

Il était fou !

En somme il se battait contre Dieu et, n'étant pas de force à gagner, et sachant qu'il perdrait quand même, il lui jouait sa vie et son âme à qui perd gagne !

Mais que pouvait en penser Dieu ?

Berger ne chercha pas à répondre. Il n'avait pas posé la question en curieux. Il proposait à Dieu, c'est vrai, de jouer son âme à qui perd gagne, mais il le proposait sans ruse, payait comptant et mettait sa peau dans la balance. Et c'était vrai qu'il espérait quand même. C'était étrange. C'était comme ça. Et la partie était sérieuse au fond de cette cave. Maintenant il fallait jouer.

— Allez hop ! dit-il à voix haute.

Il alluma une cigarette et réfléchit.

Le geôlier, l'infirmier (comment fallait-il dire ?) pouvait venir à toute seconde. Il fallait agir rapidement. Tout était bien pesé ? calculé ? C'était bien vu ? Il n'oubliait rien ? Il était bien réellement sûr de ne pas pouvoir tenir certainement sa parole quel que fût le traitement qu'on lui infligerait ? Non ? Il ne pouvait pas en jurer ? Non ! Bien ; alors tout était dit. Il n'y avait plus qu'à aller vite.

Les javas avaient recommencé, l'accordéon, et le

petit vieux dans les plâtras. Sur la place un soleil torride. C'était vraiment du mélodrame de luxe et la plus noire des dérisions.

Il décida de s'ouvrir les veines, mais avec quoi ? Casser une vitre ? Le gardien arriverait au bruit. Trouver une lame ? Découper son assiette ? Avec quoi ? Il chercha partout. Sa table de nuit était en fer. Pas de clou possible. Finalement, en fouillant le rebord de la fenêtre, il découvrit deux clous, l'un droit, l'autre tordu.

Ce ne fut pas extrêmement long. Et cependant il y avait deux minutes, sûr qu'il était qu'il allait se tuer, il ne savait pas encore au juste comment il pourrait le faire dans cette cave sans ressources.

Il fut surpris, une fois de plus, du romanesque de la vie. « L'anneau de ma mère !... » Il s'étonna que ces choses arrivent. A force de collaborer avec de mauvais feuilletonistes le destin finissait lui-même par imiter leurs procédés.

Il se hâta de retourner dans son lit pour ne pas attirer l'attention si on regardait par le judas, et posa les deux clous dans l'assiette métallique. C'était une assiette creuse ; il calcula que les rebords étaient de hauteur suffisante pour empêcher le gardien d'apercevoir les clous à la distance où se trouvait la porte.

Mais s'il entrait ? Berger mit les clous dans son lit. Et si on découvrait son lit ? Ce serait une occasion ratée. Il fallait les mettre en réserve. Il les glissa sur une lame du sommier, sous le matelas.

Ils ne tombèrent pas ; le matelas les maintenait.

Décidément le destin était pour son suicide. Ensuite il resta un moment sans bouger, l'air bien sage, pour tromper le gardien.

Au bout d'un long moment, avec des précautions

et sans sortir le bras du lit, en débordant la couverture, il passa la main sous le matelas et cueillit les clous à leur place.

— Si je n'en prends qu'un, se dit-il, je risque de faire tomber l'autre, et de faire remarquer mon manège en me levant pour aller le ramasser. Mais en n'en prenant qu'un je garde l'autre en réserve si on me surprend en train de manœuvrer celui-là.

Il n'en prit qu'un, c'était le clou droit. (« Je me souviens bien de leur forme, disent les notes de Berger. Il y en avait un qui était droit, et l'autre tordu au milieu. Ils avaient une longueur de 3 centimètres et demi et ils étaient rouges de rouille. Je croyais que le droit serait le meilleur. Je prenais l'autre aussi, avec, parce qu'il s'offrait, mais je ne comptais sur lui que comme réserve. Et l'un des deux avait une coche luisante à l'endroit où les clous ont trois coches sous la tête. C'était le seul endroit des deux clous qui ne fût pas entièrement rouillé. »)

Il n'en prit qu'un ; c'était le clou droit.

Berger pensa encore : « Le destin est pour mon suicide. »

Il retroussa la manche gauche de sa chemise, se coucha sur le côté gauche, releva son drap jusqu'à ses yeux, visa la plus grosse veine visible à mi-chemin du poignet et de la saignée du bras, et enfonça.

Le clou fit dans la peau une dépression rose ; mais il était bien trop rouillé pour aller loin.

— Premier échec, pensa Berger.

Il assistait à ce « fait divers » avec une passion de journaliste. Il « titrait » l'épisode.

Il prit le clou tordu sur la lame du sommier et se choisit une autre cible dans la pénombre de son lit.

Il eut soin de laisser hors des draps, pour ne pas éveiller l'attention du gardien, tout ce qu'il pouvait de sa tête, tout en gardant les yeux sous le drap et en l'empêchant de retomber afin de laisser pénétrer un rai de lumière sur ses veines d'un vert-bleu qui saillaient hors du bras comme des nervures de chou.

Il en choisit une, au poignet, qui passait entre l'os et le tendon, du côté le plus près du pouce. Et il enfonça carrément.

Il ne savait pas s'il souffrait de la blessure tant il attendait le résultat. Mais le résultat fut très faible.

Il recommença, s'acharna, tourna le clou, recommença sur la première veine. Il ne réussit qu'à faire sortir quelques gouttes d'un sang noir.

Cette fois il pensa : « Tout se met contre moi. Le destin se moque de moi. Rien pour se tuer : si je trouve des clous, ils sont rouillés !... Je ne peux pas casser une vitre, à cause du bruit. Comment faire ? Comment faire ?... Si j'avais l'ampoule électrique je la casserais sous mes draps ! L'ampoule existe, mais elle est inaccessible ! Quelle ironie ! »

Il aurait fallu une échelle ! Comment faire ? Comment faire ?

Il se leva sans bruit, alla regarder par le judas et ne vit personne. Il attrapa son lit de fer et le dressa debout sous l'ampoule. Il l'avait mis la tête en bas.

Il craignait que le matelas, les draps, les couvertures ne vinssent à tomber ; il lui aurait fallu longtemps pour tout ranger, et chaque seconde risquait d'amener un infirmier. Mais le matelas, un peu trop long, était coincé entre les barreaux ; et le sommier, qui avait une légère pente, l'aidait aussi à ne pas tomber. Le traversin ne risquait rien, il était du côté du sol.

Quand ce travail fut fini, Berger dut constater que le lit était beaucoup trop court pour l'amener à portée de l'ampoule. Il luttait contre Dieu et Dieu était le plus fort. Il devait renoncer à la lutte. Mais son raisonnement avait-il été juste ? Oui ! Il ne pouvait pas le reprendre à toutes les secondes ! Il ferait son métier et Dieu ferait le sien.

Il pensa que peut-être avec la chaise sur le lit, en se haussant sur la pointe des pieds, il pourrait parvenir à toucher cette ampoule. Mais il fallait que la chaise tînt ! que l'écartement de ses pieds leur permît de reposer tous quatre sur les barreaux du lit ! qu'il escaladât le lit sans la faire tomber ! que la chaise à ce moment, ne tombât pas non plus ! La moindre secousse du lit la renverserait bruyamment, car elle ne tiendrait que de justesse, tant que ses pieds reposeraient sur les barreaux. Il fallait qu'elle tînt bon ensuite quand il monterait dessus, et il fallait enfin qu'elle fût assez haute ! et que tout fût fait assez vite pour que le gardien, l'infirmier, le geôlier, les rondes, bref l'adversaire, ne le vît pas.

Il attrapa la chaise. C'était une chaise de fer ripolinée en blanc, une chaise de jardin ou de café, qui avait l'air taillée d'une seule pièce, ou emboutie, avec des trous disposés en rosace sur le siège.

Elle était relativement légère, ce qui compliquait le problème de son équilibre sur le lit. Il la posa sur les barreaux. Elle tint. L'écartement des pieds était parfait.

— Allez hop ! dit-il à voix haute.

Il s'en voulut d'avoir parlé si fort. Il risquait de tout compromettre.

— Si je grimpe là-dessus, pensa-t-il, je vais renverser le lit. Il faut faire attention.

Il s'arrangea pour attraper le lit en équilibrant

ses deux prises autour de la plus longue médiane. De cette façon on pouvait se hisser dessus sans le renverser ; l'expérience le prouva. C'était une question de tact et de vitesse. Mais Berger avait l'habitude de sauter sur les hauts sièges des voitures et sur la selle de son cheval... Il se trouva debout sur le lit qui se balançait légèrement.

Ce soldat en chemise sur un lit, au fond d'une cave, le bras tendu pour cueillir comme une poire au sommet d'une voûte ogivale l'instrument de son dernier supplice, cette parodie de statue sur le socle branlant de ce lit qui chassait doucement sur ses ancres, lui semblaient d'un grotesque amer qui risquait de le décourager s'il y arrêtait sa pensée. Mais il n'en avait plus que pour cinq minutes à vivre; c'était un contrepoids tragique, bien suffisamment solennel.

Le plus délicat restait à faire : monter sur la chaise qui tremblait sans la pousser en posant le pied obliquement, sans la tirer en attrapant le dossier, et sans la faire glisser sur les barreaux du lit.

Il posa un pied bien à plat sur le milieu exact du siège et monta dessus d'un coup de jarret. Tout l'édifice fut ébranlé. La pile du lit, de la chaise et de l'homme trembla un peu, mais ne tomba pas.

Cette situation était grotesque. Elle lui rappelait les cartes postales qu'on vendait au temps de son active et qui représentaient des brimades avec des soldats en treillis. Le dessinateur, pour le piquant de la chose, faisait aux bleus des têtes d'imbéciles bien nourris, et il y en avait toujours un qui était en train de perdre sa culotte. C'était le clou de la plaisanterie.

Berger revit Garnanoux, à qui les anciens faisaient astiquer le chauffage central de la chambrée.

Ça consistait à le faire monter sur un pilier, simplement vêtu de sa chemise, de ses éperons, de ses houseaux, de son ceinturon, et à lui faire frotter le pilier avec sa cravate réglementaire juste au moment où arrivait le sous-officier chargé de l'appel.

Ces images passèrent dans sa tête sans ralentir son action d'une seconde. Par un réflexe, cependant, craignant une ronde, il s'assura que sa chemise tombait bien pour ne pas se retrouver dans la situation de Garnanoux. « Etrange souci », pensa-t-il.

Il revit aussi la piscine où il allait le plus fréquemment avant la guerre. Il se trouvait sur cette chaise comme sur un plongeoir habituel. Il voyait les dalles au-dessous de lui, lisses comme l'eau noire.

Mais le plafond était trop haut. Il se haussa sur la pointe des pieds et tendit les bras tant qu'il put. Il ne parvint qu'à effleurer l'ampoule. Un clou rouillé pour commencer ! et maintenant une ampoule qui se laissait effleurer comme pour mieux vous narguer de ne pas se laisser prendre, après tant d'obstacles vaincus !

C'était le supplice de Tantale.

Tant pis, il la fallait. Il suffisait d'un saut, un saut d'un centimètre ou deux ; mais la chaise risquait de tomber ; et puis le saut permettrait de prendre l'ampoule dans les doigts, mais non de la détacher de sa douille, ce qui eût exigé trois mouvements à cause de la façon dont elle était fixée : une petite élévation de l'ampoule, un commencement de rotation, et une traction. Bref il fallait pouvoir non seulement saisir l'ampoule, mais encore la hausser d'un millimètre ; et dans la position limite de tension où devait se maintenir Berger pour toucher simplement l'ampoule, l'élan des muscles nécessaire pour gagner un seul millimètre lui ferait perdre l'équilibre et le fruit de tous ses efforts.

Il ne s'arrêta pas à calculer longtemps. Ce qu'il pouvait faire, c'était de gagner un centimètre en passant de l'équilibre instable où il se trouvait sur l'articulation de l'orteil à un équilibre intenable sur la pointe de cet orteil : il compenserait cette instabilité totale en s'appuyant (il suffisait d'un rien) du bout des doigts sur le côté de l'ampoule (au lieu qu'il ne pouvait encore qu'en toucher le point le plus bas). Pourvu que la chaise ne tombât pas ! Pourvu qu'il ne ratât pas l'ampoule ! Pourvu encore qu'elle tînt !

Si elle lâchait sous la pression, Berger plongerait sur les dalles.

Pantalona lui avait déjà cassé le nez sur le bitume d'un pont en lui faisant faire un plongeon de ce genre ; il voulait bien mourir, mais non se casser les dents.

Cet accident compliquerait encore les choses. Et tout son travail serait vain.

Il se haussa, sentit qu'il partait en avant, tendit les doigts, et le bout du médius de sa main droite atteignit presque à la hauteur du plus large diamètre de l'ampoule. Tant qu'elle résisterait, Berger ne tomberait pas. Mais il savait que les ampoules électriques sont plus résistantes qu'il ne semble.

A force de s'étirer, maintenant que sa main avait trouvé un point d'appui et que l'expérience lui avait prouvé que son support ne glissait pas sur les barreaux du lit, il parvint à gagner encore deux millimètres qui lui permirent à la fois d'élever l'ampoule à l'intérieur de sa douille et d'atteindre du médius son plus large diamètre. Il pouvait désormais avoir prise sur elle à condition de placer le pouce assez haut de l'autre côté. Mais le pouce était trop court pour aller assez haut.

— Les malignités du destin sont plus folles que mes rêves, pensa-t-il. Tout ce travail pour arriver à me tuer dans deux minutes !...

Son pouce ne suffisait pas. Il eût fallu pour parvenir derrière l'ampoule à une hauteur efficace un doigt plus long que le médius lui-même qui suffisait juste devant.

Mais, avec l'exercice sans doute, le corps de Berger s'étirait ; il gagnait du terrain par quart de millimètre.

Il essaya d'une autre méthode. Il remplaça, devant, le médius par l'index, et essaya de faire pince en lui opposant le médius libéré qu'il passa derrière l'ampoule.

Hélas ! la pince ainsi formée était trop lâche, et trop mal appliquée, au-dessous du plus large diamètre. Elle lui permettait bien de soulever l'ampoule, mais non de la faire tourner, encore moins de l'arracher.

Il essaya à plusieurs reprises, ses doigts glissèrent.

Et ses pieds se fatiguaient de rester sur la pointe. Alors il leva l'autre bras, l'allongea tant qu'il put, et — tant pis si l'ampoule cédait — il posa les deux mains sur elle. Elle résista. Ce fut alors un jeu. Il fit pince autour d'elle avec les deux médius et la souleva... Cette fois il touchait au but.

— Si ma mère me voyait, pensa-t-il.

La femme, dehors, on ne savait où, chantait *En revenant de Nantes.* Elle avait une belle voix, émouvante et inculte, qui sentait le retour de noces, la nuit à travers champs, la meule de foin qui se profile sur les étoiles et la fin déchirante des joies dont on avait cru dix minutes qu'elles auraient duré toute la vie.

On ne savait pas d'où venait cette voix. Du haut de sa chaise, Berger ne voyait par la fenêtre qu'un bloc de pierre de taille et un bouquet d'orties comme dans le coin du cimetière du village, au bout du mur peint au lait de chaux, et aveuglant de blancheur sous le soleil, devant lequel se trouvaient les tombes de sa famille. A cette heure-là sa mère avait dû sortir pour aller rôder dans le jardin. Elle avait un grand chapeau de paille pareil à celui des faneuses et elle tenait un sécateur dans la main droite. Elle regardait les fleurs, les fraisiers, les guêpes jaunes qui se posaient en bourdonnant sur les roses rouges.

Mais elle pensait à autre chose. Elle ne savait où prendre ses fils. Et elle cherchait à tout hasard dans le jardin, où devaient traîner leurs fantômes : celui de Jacques qui était toujours si négligent (elle lui disait : « Lace tes souliers. Tu as oublié de fermer la porte hier soir; les escargots sont encore entrés dans le vestibule »); celui de Maurice qui ne savait jamais le nom des fleurs : il avait installé une table boiteuse sous le sureau pour préparer ses examens et il disait : « Je travaille beaucoup mieux dans cette odeur de lilas » (ces examens, c'était un grand souci); et celui de Lucien qui n'essuyait jamais ses pieds sur le paillasson et dont on était sans nouvelles. Elle disait : « Le facteur devrait être passé. »

— Facteur, facteur, pensa Berger, ne passe pas trop vite. Trouve quelque chose. Dis-lui que je n'ai pas de courant d'air. Dis-lui que j'ai retrouvé la casquette de Jacques, elle était sur le bord du puits.

Car elle avait passé sa vie à chercher la casquette de Jacques qui s'enrhumait si facilement.

Il n'y avait plus qu'à arracher l'ampoule. Il y fallait, obligé qu'il était d'employer les deux mains ensemble, un geste sec qui risquait de l'envoyer le nez à terre et de briser l'ampoule sur les dalles.

Il arracha, et l'ampoule vint. Il avait bien compensé la saccade et la perte d'appui des mains par un petit recul des reins qui le laissa un instant vacillant au sommet de son édifice.

Il descendit de la chaise sur les barreaux du lit en tenant l'ampoule avec plus de précaution qu'un œuf, saisit la chaise, s'accroupit et la laissa couler comme une corde d'alpiniste. Elle fit du bruit en touchant le sol. C'était une grave imprudence. Mais il finissait par agir, encouragé par l'expérience, comme s'il n'y avait pas eu de gardien.

Il sauta à terre d'un seul bond en tenant son ampoule comme un fruit défendu, comme une rose qu'un amoureux vient de dérober pour sa belle. Elle portait une couche épaisse de poussière et de peinture bleue. On aurait dit une fleur de porcelaine qui a traîné longtemps au fond d'un vieux placard.

Il attrapa un bout de couverture pour s'essuyer les doigts et nettoyer l'ampoule.

Cette fois-ci, c'était la bonne ! Il pensa à un poème qu'il avait lu à la fin de l'autre guerre chez le drapier de Pont-Saint-Paul.

L'ampoule bleue, le poème, l'odeur de la laine, tout lui rappelait le drapier de Pont-Saint-Paul.

Le village était à mi-côte, sur la montagne, dans la neige, avec un gros clocher carré. Sur la place, en face de la poste, le vieil homme avait sa boutique.

Il y avait bien lontemps qu'il ne vendait plus rien.

Mais il gardait son magasin et les rayons garnis d'étoffe, avec la longue « banque » qui allait de bout en bout, sous un plafond bas à grosses poutres. Toute sa maison sentait la laine et le velours. La vitrine était basse et sombre avec un cintre surbaissé. En été, cet endroit désert avait quelque chose de désolé à cause d'un pommier d'amour qu'il mettait devant la boutique et qui avait l'air d'une fioriture pour une grande fête qui ne venait pas. Mais par temps gris, et surtout dans la neige, quand on regardait par les vitres à l'intérieur de la longue pièce qui était plongée dans un crépuscule continuel, on devinait le cuivre de la lampe et on voyait le vieil homme se promener avec un mètre droit pour mesurer les étoffes.

Le portrait de son fils aîné était accroché dans la salle. C'était en Chine ou au Tonkin. Il avait une barbe carrée au-dessous d'un casque colonial qui mettait sa tête dans l'ombre et faisait mieux briller les dents blanches. Il se tenait debout, une main dans la poche.

Derrière il y avait deux palmiers.

Le dernier fils était connu par une exploration

dans l'Amérique du Sud. On le voyait rarement au pays. Il était toujours en voyage.

Tous les enfants de M. Chelle étaient partis comme une couvée de canards sauvages, emportés par le vent d'automne. Il y en avait un à Paris. Mais le vieil homme restait là, son mètre en main, toute la journée, pour garder la maison.

Dans les placards qui sentaient le velours plus fort encore que le reste des pièces, on trouvait des épaulettes d'or, des drapeaux de société, des fétiches soudanais, des masques japonais, des images d'Epinal et des « chefs-d'œuvre » du pays sculptés l'été par les bergers dans la montagne, une cathédrale en ruche de pin, une caserne en allumettes suédoises et un Napoléon marqueté dans l'ébène par la veuve d'un garde-barrière.

Le vieil homme rôdait dans les chambres, son mètre en main, toujours vêtu d'une jaquette noire, la boutonnière ornée des palmes, correct dès sept heures du matin. On le voyait passer derrière toutes les fenêtres.

Il portait un lorgnon qu'il essuyait sans cesse, et une petite casquette noire en alpaga... Il était grand comme un cuirassier. Il vérifiait le bon état des persiennes le lendemain des jours de grand vent, chassait les mites, pliait les hauts drapeaux dans des gaines de toile cirée, faisait astiquer tous les cuivres et revenait dans le magasin, droit comme un I, donner audience, le mètre en main, à des clients imaginaires et à des souvenirs de jeunesse que ramenait le vent du sud.

Il enlevait à midi juste le bec de cane de la petite porte et le remettait à deux heures. Il avait fait ainsi tous les jours de sa vie. Il parlait peu et un muet souci le promenait toujours par ses grands escaliers et ses longs couloirs aux murs blancs.

Berger, qui connaissait à fond toute la carte poétique de la contrée, venait souvent chez le drapier de Pont-Saint-Paul. Il regardait dans les placards et respirait les odeurs coloniales. Rien n'arrivait dans cette maison battue des vents sur la montagne désolée qui ne vînt d'extrêmement loin, chargé de légendes et de fluides : des lettres aux timbres précieux, des images et des étoffes qui apportaient comme un secret l'odeur du monde, le parfum de la rose des vents. On aurait dit que le drapier de Pont-Saint-Paul gardait la France et son empire dans ses coffres et ses placards.

Berger n'irait plus désormais chez le drapier de Pont-Saint-Paul...

C'était chez lui, un soir d'hiver, qu'il avait lu ce poème du départ sans retour qui lui revenait en mémoire.

C'était chez lui aussi, le lendemain, qu'il avait vu pour la première fois sa femme.

On trouvait dans le magasin toute la littérature française sur les rayons réservés autrefois aux satins.

Il rabattit le lit à terre et le fit rouler jusqu'à son coin. Il dut passer devant la lucarne à l'endroit d'où l'on voyait le ciel. C'était un ciel d'émail bleu comme la robe des Saintes Vierges dans les églises de campagne dont les murs au lait de chaux distillent une fraîcheur ; quand les blés sont épais, les coquelicots tout rouges et les sentiers vides sous le soleil. Un coq tourne sous une batteuse. Les digitales et les fougères, sur la montagne, ont l'air verni.

Le petit vieux fouillait du bout de sa canne, sous une grosse pierre de taille, en face des ruines de l'épicerie, à côté d'une chaudière à goudron délaissée. Et son ombre sur le mur blanc, avec le bec aigu profilé par le melon, avait l'air d'une poule qui picore.

Où Berger avait-il vu ça ? Il lui semblait avoir déjà vécu cette après-midi accablante, ce soleil, ces orties, ces pierres, et cet appel désespéré qui traversait l'espace torride.

« Nous avons répété cette scène bien des fois, disait le poème du départ, mais cette fois-ci est la bonne »...

C'était l'heure où M. Chelle s'asseyait sur sa porte, à côté du pommier d'amour.

Le poème du départ se récitait tout seul au fond de la mémoire de Berger tandis qu'il frottait l'ampoule bleue. Elle avait l'air d'une des grosses fleurs de porcelaine qu'on trouvait dans un tiroir jaune chez le drapier de Pont-Saint-Paul.

Il se rappelait, jusqu'à souffrir de ne pouvoir saisir les choses dans ses mains, cette après-midi de gros vent, de froid aigu, de flaques gelées, de sentiers nus où des corbeaux s'abattaient sur la neige. Derrière la fenêtre du fond, le ciel était si bas qu'on avait déjà dû, à trois heures de l'après-midi, allumer le gaz de la suspension de cuivre dans le long magasin obscur.

Il revoyait les livres alignés sur l'ancien rayon des satins. C'était le second fils du drapier, celui qui était resté au pays, qui recevait tous ces ouvrages. Il travaillait dans le fond du magasin, dont il s'était fait un bureau ; il écrivait sur le bout de la « banque », et, dans une fenêtre profonde d'où l'on découvrait la montagne, la vallée, le ciel gris et ces gros corbeaux noirs qui venaient sauter dans la neige, il y avait toujours de gros cahiers cartonnés reliés de basane verte, des livres neufs et des branches de pin. Berger prospectait le pays pour l'aider à dresser une carte lyrique, un cadastre poétique de la montagne. Il venait d'y marquer ce jour-là la maison de M. Ordonneau, le directeur de l'école des sourds-muets chez qui on avait trouvé, dans un sous-sol étrange mis au jour par des terrassements, des momies assises en cercle dans des sièges épiscopaux. Il voyait encore la vignette qu'ils avaient portée sur la carte, sur une belle page de papier pur chiffon.

Un livre était posé à côté, dans la niche. Tandis que le gaz chantonnait en faisant une lumière jaune, Berger avait appris le poème des grands départs, en regardant les corbeaux qui sautaient dans la neige.

C'était la fin de l'autre guerre. Tous les jours il mourait des hommes ; l'église ne cessait pas de sonner des enterrements. Un permissionnaire était venu habillé de bleu horizon. Il apportait aussi des nouvelles de la mort.

C'était dans le coin le plus hivernal de ses souvenirs de jeunesse, dans leur chapelle la plus lyrique, chez le drapier de Pont-Saint-Paul, qu'un destin prévoyant avait appris au brigadier Berger le plain-chant qui devait orchestrer ses souvenirs du dernier instant.

C'était dans le même coin, le lendemain, dans le

même éclairage d'hiver qu'il devait rencontrer la jeune fille qui deviendrait un jour sa femme...

Il n'avait pas une photo d'elle. Celle qui ne l'avait jamais quitté, ni en Afrique, ni à la guerre, ni nulle part, qui était toute rayée par le sable, était restée dans sa vareuse.

Et là-haut, les cris recommençaient. Et le poème qui se récitait automatiquement dans sa tête était devenu d'une affreuse ironie. Il parlait d'heure solennelle et Berger était en chemise, d'heure ombragée, et il mourrait dans une cave, et dehors il n'y avait que le soleil sur des ruines...

« Laisse-moi voir ton visage encore... » disait le poème... Et Berger faisait tout pour chasser un visage...

Contre une fenêtre qui donnait sur la montagne où s'inscrivait toute sa jeunesse, entre la lumière jaune du gaz et la lumière blanche de la neige, il voyait malgré lui le profil d'une jeune fille mince en manteau bleu qui tournait lentement la tête. Elle avait un col de fourrure, une toque pareille au col et de gros gants de cuir. Il eut le temps de la voir de trois quarts — et il était amoureux d'elle — ; de face ensuite, la tête un peu penchée. Et enfin, lentement, du fond de l'ombre, elle leva les yeux sur lui...

— Allez hop ! sursauta Berger.

Il avait failli oublier qu'il devait se tuer dans deux minutes.

Les poèmes étaient des mensonges. Mais tel était l'étrange fluide de la maison de Pont-Saint-Paul qu'il pouvait poursuivre un mourant jusqu'aux portes de l'agonie et lui fournir jusqu'au fond d'une cave ce long regard de jeune fille qui avait failli retarder Berger.

Le grand poème se récitait tout seul dans sa tête où tournaient à la fois cinquante manèges de foire au son des valses d'à côté. Mais Berger n'était plus sur terre. Il priait Dieu de gagner contre lui qui faisait tout pour le faire perdre.

Il se coucha et, sous les draps, afin de faire moins de bruit (il craignait l'éclatement qui attirerait l'attention), il tritura entre ses mains l'ampoule enveloppée dans sa chemise. Il pressa dessus. Rien n'y fit.

— Dieu me donne tort, pensa-t-il.

Il reprit son raisonnement, il l'essaya dans tous les sens et n'en trouva pas la fissure.

Il se leva. Tant pis pour le vacarme. Il fallait en finir. Il lâcha l'ampoule sur les dalles. Elle ne se brisa pas.

— Quelle réclame, pensa-t-il amèrement, avec une belle caricature !

Le grotesque le poursuivait jusqu'à la porte de la mort.

Il la jeta sur le sol trois fois, la précipita violemment. Rien n'y fit. La quatrième fois elle disparut, pulvérisée. Il retrouva la douille sous la table de nuit. Un morceau de verre y restait attaché, un brimborion triangulaire qui pouvait bien avoir six millimètres de long.

Il s'assit face à la fenêtre pour être sûr de bien voir ses veines et retroussa sa manche gauche aussi haut qu'il le put. Il pria encore Dieu de lui pardonner son acte et, choisissant une veine à la saignée du bras, trancha d'un coup. Cette fois-ci ce fut bien fait. Le sang gicla. Il donna un second coup pour être plus sûr de son ouvrage. Il vit couler un sang noirâtre. Mais, au bout d'un moment, le sang cessa de couler ; puis repartit. Il pressa sur la veine. Tantôt le sang coulait, tantôt il s'arrêtait.

— Je me vide, pensa Berger.

Sa chemise était déjà rouge. A terre il y avait une flaque noire. Le sang coulait de moins en moins fort, et par saccades. Berger pressa la veine en rythmant son effort de façon à lâcher après chaque pulsation. Il regardait curieusement. A chaque pression le sang lui giclait à la figure. Il suffit de peu de sang pour rougir tout un homme. C'était déjà un spectacle de boucherie.

Il pensa :

— Quelle couverture pour un mauvais roman feuilleton !

En même temps il s'appliquait scientifiquement à son ouvrage. Il jeta un regard sur la fenêtre. Le soleil éclairait des blocs de pierre de taille entourés de mâchefer et d'orties.

C'était le même soleil ; c'était le même vide, le même vertige torride et blanc que sur la place du grand homme de bronze, le jour où Planier était entré dans la villa.

Des souvenirs sans lien venaient crever comme des bulles à la surface de sa mémoire usée où le poème d'autrefois se récitait tout seul. Mille trains arrivaient de mille gares. Cent gramophones tournaient ensemble. Et la réalité fournissait par surcroît les javas, les accordéons, les rires de la femme et les pleurs des jumelles, et le petit vieux qui trottinait le long du mur blanc.

Il se souvint du mot de Planier : « Il suffit de savoir qu'on le ferait. » Il savait maintenant.

Son cœur était tranquille. Il était parfaitement en règle avec Corneille, avec Plutarque, avec l'Armée. Sa main gauche sur laquelle le sang ne pouvait sauter, était devenue livide comme un cadavre.

Il s'interdit de penser à sa mère. L'esprit détendu, sa tâche faite, délivré d'un pesant souci, il se dit encore : « Je suis le brigadier Berger, matricule 2404. Aucune force désormais ne pourra me faire violer mes consignes. Pour le reste, que Dieu me juge. »

La course était gagnée. Il n'y avait plus que le sprint. Il ne s'agissait plus maintenant que d'enlever à toute volée le dernier cent mètres pour atteindre le bois de marronniers qui se dessinait de plus en plus nettement sur la droite, à l'entrée du grand pays blanc qui approchait comme un express.

Sa mère, au loin, chassait une guêpe sur un rosier. Sa femme devenait toute petite, comme au balcon du port de ce premier janvier.

Il se sentait sombre et léger. Il avait déjà lâché terre. Le grand pays approchait en bolide, aveuglant de soleil et de lumières vertes, où l'ombre de Pantalona l'attendait au bord d'une route, sellée, bridée, dans la main d'un Nubien en tarbouche et en robe blanche.

Sur la droite il y avait cette forêt de marronniers comme sur le papier peint du couloir du premier dans la maison de son enfance.

Il demanda au Nubien ce que pouvait être ce bois qu'on n'avait pas mis sur la carte chez le drapier de Pont-Saint-Paul.

Le Nubien lui dit que c'était « le Couloir du Premier ».

— Où mène-t-il ? demanda Berger.

Le Nubien étendit la main et lui fit voir à l'horizon, sur un rocher, dans une lumière nacrée, une cité blanche que Berger avait prise pour un mirage et qui ressemblait à une ville saharienne.

— Quel est le nom de cette ville ? dit Berger.

— C'est La Mort, répondit le Nubien.

Il ajouta qu'on y trouvait de l'eau et des roses, des dattes fraîches et des parfums qu'on gardait dans des tubes de verre ornés de dessins gravés par des doreurs habiles.

— El Hamdou lilla, dit Berger.

Il lui demanda ensuite s'il connaissait la France. Et le Nubien lui dit qu'il connaissait la France et lui montra sur une falaise une maison grise battue des vents avec une vitrine allumée au-dessous d'un cintre surbaissé. C'était la maison du drapier de Pont-Saint-Paul.

Ensuite il lui donna son manteau et son casque, serra la sangle du cheval, essuya le sang de la plaque d'identité, la fit briller avec une pâte et un chiffon, en enleva la partie détachable et présenta ses mains en étrier.

Le brigadier Berger enfourcha sa jument. Il entrait dans le pays des Terres Aveuglantes. Les dunes du désert étaient devenues liquides et leur éclat éblouissait les yeux. Pantalona en avait jusqu'au mors.

Et Berger, qui n'y voyait plus, cherchait à l'horizon le phare d'Alexandrie.

La planche était tirée entre lui et le monde. Il n'y avait plus, comme dans le poème d'autrefois, que le soleil éternel de Dieu sur les eaux qu'il avait créées.

Il essaya de faire le signe de la croix, il se renversa sur sa chaise et mit ses pieds au garde-à-vous.

III

Adieu, amis ! Nous arrivions de trop loin pour mériter votre croyance.

Seulement un peu d'amusement et d'effroi. Mais voici le pays jamais quitté qui est familier et rassurant.

Il faut garder notre connaissance pour nous, comprenant, comme une chose donnée dont l'on a d'un coup jouissance.

L'inutilité de l'homme pour l'homme, et le mort en celui qui se croit vivant.

Tu demeures avec nous, certaine connaissance, possession dévorante et inutile.

« L'art, la science, la vie libre... » *O frères, qu'y a-t-il entre vous et nous ?*

Laissez-moi seulement m'en aller; que ne me laissiez-vous tranquille ?

Nous ne reviendrons plus vers vous.

Paul Claudel, *Ballade*.

Dieu n'a pas l'habitude de descendre dans les caves pour parier contre soi-même avec les fous. Il ne joue pas à qui perd gagne avec les brigadiers du train des équipages. Il ne peut pas changer la règle de son jeu. Et, perdant ou gagnant, il ne peut jamais perdre. Mais alors même qu'on joue mat il peut vous empêcher de perdre.

Peut-être tint-il compte au brigadier Berger de son espoir et de sa sincérité. Il joua avec lui partie nulle.

On découvrit Berger pieds nus dans une flaque noire, enveloppé de sa chemise sanglante, avec des bras de boucher et une tête d'écrasé. Le petit vieux en veste de jockey, accroupi devant le soupirail, guettait quelque chose dans les orties.

Berger eut le temps d'entendre la porte qui s'ouvrait. Pantalona avait de l'eau jusqu'à ses oreilles, l'eau du soixante cinquième kilomètre qui venait du grand Pays Blanc ; une giclée de mitrailleuse les lui coupa au ras du flot, une bombe fit sauter le phare d'Alexandrie, à des milliers de kilomètres ; il n'y eut plus, jusqu'aux yeux de Berger, que les grandes eaux du Pays Blanc. Les Nubiens débouchèrent en trombe ; et Berger pensa : « L'évasion ! »

Ensuite il n'y eut plus rien.

Ensuite il y eut des médecins. Il s'aperçut que sa conduite était blâmée. Mais qui pouvait le juger ?

La planche était tirée entre lui et le monde. Il ne s'inquiétait plus de savoir ce que d'autres pensaient.

Ensuite il n'y eut plus rien.

Ensuite il y eut des salles avec des soldats blessés qui jouaient de l'accordéon, des nègres à la tête pansée, des infirmiers. Il se rendit compte de l'origine des bruits qui lui étaient parvenus dans sa geôle.

Il pensa : « Ce n'était pas ma femme qui riait, ce n'étaient pas mes filles qui pleuraient. Elles ne le pouvaient pas, puisqu'elles sont mortes. J'étais fou. Pourquoi ne m'a-t-on pas expliqué ? »

On lui dit qu'il allait partir pour un nouvel hôpital. Mais il était devenu méfiant. Qu'appelait-on hôpital ? Des salles ou des geôles ? Où voulait-on l'enfermer encore ? D'une cour dans une salle, d'une salle dans une chambre, avec un fou ! et d'une chambre dans une cellule ! Dans quoi serait-ce maintenant ? Dans un placard ? ou dans un sac ? Il sortait d'une cave avec un soupirail ! Allait-on le mettre dans une tombe ? S'il avait seulement pu parler avec quelqu'un qu'il eût connu avant la guerre ! Mais tous ces fous, qui venaient lui expliquer que la France entière était battue alors qu'il venait de constater qu'il était fou d'imaginer ses filles mortes ! Biarritz pris ! Biarritz ! Se rendaient-ils compte ? Biarritz est dans les Pyrénées ! Ils devaient situer ça en Champagne !

Ils fabriquaient même des pays : tout le problème français, par moments, à travers ce qu'il entendait, semblait tourner autour d'une fiction qu'ils appelaient la « Thaïlande » ! A-t-on idée ! Et ils parlaient de cette Thaïlande avec un calme imperturbable ! Il était fatigué de vivre avec ces rêveurs. Il avait même vu le nom de cette Thaïlande imprimé quelque part dans une espèce de journal qui traînait. Où en était-il s'il ne devait plus croire ses yeux ?

Il avait vu de l'eau sur la route ; maintenant, dans les journaux, il lisait « Thaïlande » ! Pourquoi ne lui expliquait-on rien ? Mais à quoi bon demander quelque chose ? On lui raconterait des histoires. Il n'y avait rien à croire de personne. Il n'y avait qu'à se taire et à s'évader.

On voulait le mener ailleurs ? C'était ce qu'il fallait. Il partirait en route. Il demanda à voir, avant de s'en aller, les personnes qui l'avaient soigné. Il se disait : « Si c'est franc jeu, je leur dois bien ça. Si on me raconte des histoires, j'arriverai peut-être à deviner le sens de tout ça. Ils auront peut-être involontairement un mot qui me permettra de comprendre. » Il y eut un médecin devant son lit et quelques vieilles religieuses. Le médecin n'avait pas l'air content. Il parlait du « tour » que Berger lui avait joué. Quel tour ? Le brigadier Berger avait fait son métier de soldat ! Il s'était assuré de façon définitive qu'on ne pourrait pas le contraindre à violer ses consignes à force de cellules, de caves et de soupiraux, et de petits vieux invraisemblables qui tournaillent dans des orties devant des épiceries démolies, et à coups d'hallucinations et autres orgues de manège. Le blâmer pour ça ! Tout ça ne tenait pas debout ! Qu'étaient-ce que ces gens-là ? Des fabricants de visions ! Des entrepreneurs de labyrinthes ! Que demande-t-on à un soldat ? De mourir ? Eh bien ? Ils n'étaient pas encore contents ? Ils venaient le sortir de sa cave ? Après sa mort ? Que voulait-on de lui encore ? Il ne croyait plus rien. Toutes les réalités étaient truquées. Deux des vieilles religieuses qui étaient au pied de son lit avaient une tête assez virile. Il se demanda si ce n'étaient pas des médecins camouflés en femmes ? et pourquoi ?

Ce carnaval sinistre au fond de cette cave lui paraissait d'une dérision affreuse. Un rayon de lumière filtrait par le soupirail dont les battants aux vitres bleues étaient légèrement entrouverts. Il en résultait des reliefs, un modelé, des effets de clair-obscur qui donnaient à la scène, dans ce sépulcre voûté, l'air d'un carnaval d'outre-tombe. Il était résigné à tout. Il attendait ce que pouvait être la suite, ce qu'on pouvait réserver à un mort qu'on vient de tirer de sa tombe pour lui parler de « Thaïlande » !

On le posa sur un brancard. On lui passa sur les poignets des bracelets d'étoffe larges de six centimètres qui lui fixaient les mains aux côtés de la civière. Et ces bracelets fermaient avec des clefs qu'un gardien mettait dans sa poche.

Il se demandait ce qui allait corser ces joyeusetés.

On l'enfourna dans une auto dont la porte se rabattit.

« Deuxième épisode », pensa-t-il.

Il n'y avait qu'une lucarne. Un homme, peut-être deux, se tenaient assis à ses côtés dans une espèce d'uniforme. Une curiosité le tenait en éveil. Ses souvenirs de journaliste lui rappelaient des nuits de rafle, des coups de sifflet, des portes de prison, des voûtes, des appels de sergents de ville. Il pensa : « Le panier à salade ! Et on m'attache ! De quoi peut-on bien m'accuser ? Le quiproquo continue.

On doit me prendre pour un autre... » Mais il n'était pas mécontent d'apprendre, de l'intérieur cette fois, ce qu'était un de ces grands fourgons noirs qui partent à une heure du matin des places dangereuses des grandes villes avec une lucarne grillée derrière laquelle on attend une figure et deux poings cramponnés.

Le ciel était tout bleu, tout bleu. Des cimes d'arbres verts passaient dessus, à toute vitesse, évoquant des parties de campagne et des baignades.

Il pensa : « Si ma mère me voyait ! » Mais sa mère devait être morte depuis le temps qu'il ne savait rien d'elle ! Jusqu'où avait passé la guerre ?

S'il avait pu croire quelqu'un ! Et pourquoi n'avaient-ils jamais touché de cartouches ? Tout était fou.

L'auto ralentit sous un porche. Il y avait longtemps qu'on roulait. La porte s'ouvrit, se referma. Il y eut des bruits de conversations, de semelles, de guichets, de portes qui s'ouvraient.

Où était-il ? En France ? En Allemagne ? A l'hôpital ?

Dans une prison ? Ce n'était pas la peine de demander. Il ne savait pas si on lui dirait vrai. Et si on lui mentait était-ce par pitié, par méthode, par sadisme, par ironie, par folie, par indifférence ? Mieux valait ne pas savoir.

On l'inscrivait sans doute. On devait mettre son nom sur un registre noir, avec une belle étiquette blanche et un titre en ronde ouvragée. Charmante soirée ! Cette expérience était curieuse mais payée cher ! Tout lui devenait indifférent. Il s'abandonna au destin en priant Dieu de déchirer d'une lueur logique les nuages noirs de ce monde fou.

L'auto roula lentement pendant quelques minutes.

— Que me veut-on encore ? pensa-t-il.

Que peut-on vouloir à un homme qui vient de se tuer pour ses consignes ?

« A voir la progression des choses on a l'air de vouloir m'enfermer de plus en plus étroitement. La cour, la chambre, la cellule, les bracelets... Qu'y a-t-il après ça ? Me mettre dans un sac ? dans un placard ? dans une caisse ? les membres repliés ?... C'est fou ! Ça ne tient pas debout ! Et pourtant ça devient toujours pire !... Les " fillettes " de Louis XI ?... Ces gens-là sont donc acharnés ? Que me reprochent-ils ? Pourquoi ? »

On le transporta dans une longue salle de rez-de-chaussée garnie de trois rangées de lits blancs : deux le long des murs, une autre suivant la grande médiane. Les vitres des hautes fenêtres étaient peintes en bleu pour le black-out, mais aux endroits où l'hypocrite peinture s'était légèrement écaillée on voyait, de l'autre côté des vitres, les grilles qui coupaient tout espoir.

Il se sentit affreusement triste. Il y a des situations qu'on ne peut pas dépasser. Il était tellement à bout, qu'il n'y avait plus qu'à rire de tout. Il comprit les fous qui riaient après des drames et des tueries. Au bout de la souffrance on meurt ou on devient fou.

— En tout cas, se dit-il, ça fait un beau reportage.

Charmante soirée...

Il se retint de dire ça.

Ce n'était pas la peine qu'on le crût plus gravement atteint qu'il ne l'était. Son état empirerait assez s'il devait rester longtemps là-dedans. Le décor était hygiénique, mais cette lumière bleue, qui avait l'air filtrée par une bouteille de fleur d'oranger, tombant sur ces lits blancs manquait vraiment d'entrain. On se sentait on ne savait où, hors de la vie, dans des limbes. Et il y avait comme ça des hectares de dortoirs, des hectares d'aliénés qui devaient se repiquer comme la tomate ou se marcotter comme la fraise.

— Allons-y, se dit-il, je guérirai peut-être quand quelqu'un m'aura expliqué tout ça.

On le mit dans le premier lit de la rangée du milieu, le plus près de l'entrée. On lui passa aux chevilles des bracelets qu'on attacha aux montants de la couchette ; on lui remit des bracelets aux poignets ; on les attacha au sommier. On donna quatre tours de clef. Et il resta couché sur le dos, abandonné à ses pensées, comme un homme étendu dans le fond d'une barque et qui ne voit rien du rivage, sans autre horizon que le plafond et les chaînes de ses pieds nus.

Peu de gens savent ce qui peut se passer sur le plafond le plus quelconque, le plus uni, quand on le regarde pendant des semaines. Si le plafond de la salle B3, sous lequel couchaient cinquante hommes, pouvait raconter tous les films que cinquante rêves différents ont projetés chaque jour sur lui depuis sa naissance, il y aurait de quoi nourrir le monde de légendes pour bien longtemps.

Quelquefois, en tournant la tête, on voyait aussi, d'un côté, une cloison ripolinée avec une porte entrouverte, de l'autre, sur une fenêtre, une fleur jaune dans un pot. Cette botanique rafraîchissante consolait le regard de Berger des orties de l'ancien soupirail. Un homme gémissait quelque part. Des infirmiers silencieux, en blouse grise, passaient parfois entre les lits.

De deux choses l'une, pensait Berger : ou je déraisonne et alors qu'on me montre la fêlure de mon raisonnement ; ou on m'en veut, et alors pourquoi ? Des raisonnements s'inscrivaient au plafond comme des équations algébriques. Il en reprenait sans trêve l'itinéraire lassant.

Que peut-on vouloir d'un homme qui vient de se tuer pour être sûr de ne pas être acculé à violer ses consignes ? Ou on me reproche, se disait-il, de ne pas les avoir enfreintes — mais alors qui seraient ces gens ? L'ennemi lui-même ne pourrait pas m'en faire un reproche ! —, ou on me reproche au contraire de ne pas avoir accepté la possibilité de n'importe quel tourment avec la certitude d'avance, de ne pas trahir mes consignes. On doit penser que ce n'est pas assez de mourir ! Mais quel homme cent fois prêt à sacrifier sa peau peut avoir cette certitude ? Quelle autorité militaire peut en faire un devoir ? Quel pouvoir humain ? Pourquoi conseillait-on aux soldats de Syrie de garder une balle pour eux-mêmes ?

Quel homme peut me reprocher mon geste ?

Et cependant il fallait bien qu'on le lui reprochât !

Et il n'acceptait pas encore l'idée de n'importe quel supplice. Il en demanda d'autres, pour changer.

Ficelé depuis longtemps, par exemple, il savait en

dépit d'une grande patience et d'un abandon au destin qui n'était limité que par peu de restrictions, que le mouvement physique, interdit par les liens, mais exigé par tout être vivant, se venge de sa répression par une affreuse agitation de la pensée, une bousculade, un chaos, un délire qui couvraient le front de Berger d'une sueur glacée. Etait-ce ça qu'on lui réservait sous une forme encore pire ? Il vit un médecin devant lui. C'était une femme. Pourquoi une femme ? Pourquoi pas un médecin militaire français ou allemand ?

Qu'est-ce que c'était encore que cette femme ?

— Est-ce qu'on veut me mettre dans un sac ? lui demanda-t-il.

Elle disait non, bien sûr, mais c'était trop facile ! Il voyait bien que la situation ne faisait qu'aller en empirant. Il fallait donc qu'on lui en voulût. Quand il n'y aurait eu qu'à lui expliquer les choses ! Et le genre de supplice qu'on voulait lui appliquer c'était de l'enfermer de plus en plus, dans une enveloppe, avec des liens de plus en plus étroits. Le sac ou la fillette Louis XI apparaissaient, si fou que ce fût, comme l'aboutissement logique de ce processus. Ce n'est pas la chose la plus extraordinaire qu'on trouve à lire sur un plafond de plâtre quand on le regarde plusieurs jours et plusieurs nuits sans pouvoir bouger aucun membre.

— On ne pourrait pas plutôt me couper les bras ? demanda-t-il.

Il eût bien proposé la tête. Mais on ne voulait pas qu'il mourût puisqu'on l'avait tiré de la mort.

Le médecin pensa que c'était grave et que la salle B3 faisait tout à fait l'affaire.

Berger se retrouvait à ce moment-là sur une table d'opération, de l'autre côté de la cloison blanche dont il apercevait de son lit la petite porte ripolinée quand il tournait la tête à droite. Il ne savait pas pourquoi ni de quoi on l'opérait. Il avait le bras gauche enveloppé d'un pansement. C'était un détail bien visible qui devait correspondre à la réalité.

Mais il sortait au même moment des grandes eaux du Pays Blanc où Pantalona était morte. Il devenait difficile d'atteindre le petit bois de marronniers. Et le Nubien, gêné par les mirages qui se formaient sur l'eau éblouissante, perdait lui-même la direction.

On sortait de là hébété, inquiet surtout de ne pouvoir déterminer la ressemblance du Nubien. Ce Nubien ressemblait à quelqu'un. A qui ? Berger n'aurait su le dire. Mais la ressemblance était criante. Les yeux et la nuque surtout. Cette nuque de porteur d'amphores ! Malheureusement tous les Nubiens ont cette nuque ! Le problème était difficile. Il usait l'attention de Berger. Les eaux du Pays Blanc montaient, la maison de Pont-Saint-Paul allumait ses lumières. Berger s'abandonna au flot qui l'emportait.

Etait-il dans le coma ? inconscient ? endormi ? Il ne se souvenait que d'être entré dans la petite salle et de s'être retrouvé sur son lit. Peut-être avait-il un bras libre ? Il avait le besoin atroce d'une cigarette, mais il n'avait pas le droit de fumer. Ce fut une de ses pires tortures.

Que lui fit-on ? Il lui restait de son suicide manqué, de son traitement et d'autrefois un grand nombre de cicatrices. Mais il ne se rappelait rien, sinon les cris d'un malade attaché, un ancien capitaine de la marine marchande qui réclamait de l'alcool, la nuit. Peut-être lui en donnait-on. Quand il se levait le gardien l'accompagnait. C'était un spectacle inquiétant, à la fois médical, fantastique et précis, à la lueur des veilleuses électriques, dans cette salle où la lune elle-même n'entrait pas.

Quelquefois un gardien venait parler à l'infirmière de service. D'autres fois le médecin passait. Elle portait des bottes en caoutchouc et un costume d'hiver assez caractéristique pour permettre de la faire entrer dans les scénarios du film que Berger projetait au plafond.

C'étaient des films qui demandaient de la neige, des troïkas, des loups, des sapins, du mystère et une intrigue assez violente ; un cabaret dans une campagne solitaire d'un côté, des salons de l'autre, avec des lustres et de la finance. Quelques coups de revolver. Tout ça venait assez bien. Il fallait commencer par le détail d'un détail, très loin du sujet général, pour un premier effet de surprise. On pouvait débuter par une arche de Noé. Avec des animaux cocasses : le chameau, l'éléphant, le rat. Ensuite l'enfant qui jouait avec les animaux. Ensuite la salle. L'hiver, du feu, du luxe. Le père de l'enfant, gros financier. Et une vie double. Des compromissions par exemple avec une bande dont le P.C. serait au cabaret, dans la neige, pas loin d'un bois de sapin. Le mieux pour le début serait de faire arriver l'éléphant. Berger le voyait, un gros éléphant blanc avec la peau des jambes trop large, l'air d'une grosse dame qui a oublié de mettre ses jarretelles...

Il y eut des nuits, il y eut des siècles. Et puis des siècles et des nuits.

On porta Berger au premier étage. « Changé de

plafond », disent les notes de Berger. « On imagine difficilement (les notes y reviennent constamment) ce qui peut s'inscrire sur un plafond. Pénélope a manqué de patience et Shakespeare d'imagination. »

Il ramenait du fond de ses nuits d'étranges souvenirs, de fausses visions, tout un peuple de marionnettes, d'objets précieux ou terrifiants, comme un voyageur qui rapporte des étoffes et des fétiches, des masques africains, des parfums compliqués. En se réveillant il déballait ce butin qui s'évanouissait à la grande lumière. Mais il y avait une seconde, entre le sommeil et la veille, où il pouvait le recenser : il y avait des dessins qui contenaient des yeux, des pattes de poule et des queues de paon, des crimes dessinés sur des toiles de Jouy, des assassinats en batik et des broderies de feu sur des chemises sanglantes. De ce qu'il avait sorti des nuits il ne restait plus rien à la seconde suivante. Mais des floraisons sous-marines renaissaient sans arrêt et s'épanouissaient comme un feu d'artifice sur la page blanche du plafond jusqu'à devenir si aveuglantes qu'elles l'endormaient dans un fracas de locomotive au moment de lui passer sur le corps. Tous ces motifs, toutes ces géométries, étaient enfants de l'équivoque et du mélange entre l'inconcevable et la réalité, faux, trompeurs, pleins d'erreurs et d'une algèbre fausse qui débouchait sur le néant. On aurait dit ces flores et ces tissus qui s'épanouissent au fond de l'œil quand on presse sur la paupière.

Quand il avait secoué de sa peau les gouttes qui restaient sur elle de ces plongées dans l'océan nocturne, Berger cherchait, pour retrouver la sensation de la terre ferme, sa plaque d'identité et son alliance. Mais on les lui avait enlevées. Il les réclamait au gardien. Il voulait garder ces souvenirs de son métier et de sa femme. Il s'aperçut que c'était autour d'eux que se formaient les efflorescences qui emplissaient ses nuits de grappes de feu et de vrilles phosphorescentes.

Planier reparut un soir qu'on avait ouvert la fenêtre. Il s'appuya contre la grille et regarda un instant dans la salle. Puis il s'en alla tranquillement.

Berger en fut réconforté. Planier venait de plus loin que cette époque incroyable où il n'y avait plus rien de vrai, où les choses mentaient comme les hommes. Jusque dans le pire état, et jusque dans les liens, jusque dans ces nuits où criaient, gémissaient ou ronflaient cinquante hommes liés, il attendait sourdement, en serrant les dents, la délivrance. Il se disait : « Je suis le brigadier Berger. J'en suis certain. Je suis prisonnier ; c'est une autre chose parfaitement sûre. Je n'ai pas enfreint mes consignes. Ça fait trois choses que je peux savoir. Le reste on n'en sait rien. Il n'y a qu'une chose à faire : c'est de tenir le coup en attendant de partir ou d'y laisser ma peau. »

Et il supportait longuement. Il supportait avec activité. Il se disait que ça pouvait être long. Tout ce qu'il supportait de plus le rapprochait de l'issue.

Il ne savait plus bien au juste à quand remontaient ces consignes que lui avait rappelées le passage de Planier et pour lesquelles il s'était tué dans sa cellule, ni à quoi elles se rapportaient. Mais elles lui commandaient de tenir et d'espérer que ça finirait.

Comment ? C'était une autre histoire. Il prendrait le temps qu'il faudrait. Il aurait notamment une carte. Il fallait savoir où était l'est. Il chercha de quel côté le soleil se levait. Mais, avec ces carreaux couverts d'un bleu opaque, c'était difficile à savoir. Comme il y avait de petits trous dans la peinture on pouvait pourtant se rendre compte si le soleil était à droite ou à gauche. Mais la plupart du temps, quand il voulait savoir, le ciel était bas ou couvert. Et puis il lui était difficile, dans le vide complet des heures, de distinguer entre le matin et l'après-midi... Pour comble on lui avait dit — mais que ne disait-on pas ! — que les heures n'étaient plus les mêmes ! A 13 heures il était 11 heures ! Et le soleil à ces deux heures-là ne devait pas être du même côté ! Il demandait l'heure au gardien, mais pouvait-on se fier à lui ? Enfin, quand il pensait avoir résolu le problème et trouvé le soleil couchant il ne se souvenait plus du résultat le lendemain. Et puis le côté de la salle le plus éclairé le soir ne pouvait encore lui donner qu'une approximation trop lâche, qui permettait de confondre nord-ouest et sud-ouest. Il essaya de préciser d'après la direction des ombres dans la salle, mais il faisait nuit de très bonne heure ; il y avait toujours des veilleuses, des lumières qui se contrariaient, et le jour sans crudité qui arrivait par les fenêtres, à travers ces carreaux peints d'une couche épaisse, ne donnait qu'une ombre indécise. Tout se noyait dans des reflets. De plus, il y voyait très mal. Et il oubliait à mi-route l'itinéraire de ses déductions.

— J'ai perdu le Nord, se disait-il.

L'est devait être du côté de la forêt de marronniers, celle que le Nubien appelait le « Couloir du Premier ».

Tout était confusion. Au sein de tels glissements, l'explication qui lui venait à l'esprit comme l'une des plus logiques était qu'on l'eût pris pour un autre. Ni l'heure, ni les pays n'avaient plus les mêmes noms.

Il était naturel aussi qu'on se trompât d'hommes.

Mais pour quel autre l'avait-on pris ? Et que voulait-on à cet autre ? Le fusiller ? On le ferait de bonne heure, on lui donnerait un vrai café ; il aurait une cigarette. Il en demanderait même une autre, et peut-être la lui donnerait-on. Il l'eût fait pour n'importe qui dans des circonstances analogues. Pourquoi ne le ferait-on pas pour lui ?

Mais il ne fallait pas montrer d'indifférence.

Car s'il avait affaire, comme tout semblait le prouver, à des gens mal intentionnés, ils pourraient inventer des choses qui viendraient contrarier ses plans.

Parfois le « Couloir du Premier » était plus triste que d'habitude. Il y rencontrait le Nubien, mais pas tout entier ; il n'y avait que sa tête transparente sur la forêt de marronniers du papier peint, ses yeux blancs et sa main levée dans le clair-obscur, comme une main de fatma, comme un sceptre. A droite il y avait la grande porte, celle du palier ; devant, celle du salon derrière laquelle on devinait le piano et un tapis d'Indochine obsédant, brodé d'argent, de fils d'or et de roses. Sur le piano noir, en soufflant comme sur une vitre, on obtenait une buée blanche. On dessinait du doigt là-dessus un sapin, un profil, une circonférence, tout ce qu'on voulait. Le sapin s'évanouissait sur les flancs du piano sonore, monstre délicat et grondant, traversé de frissons mélodiques comme une église vide où l'on essaie les orgues, et les accords mettent longtemps à s'éteindre. On ne sait plus s'ils sonnent encore ou s'ils sont morts. Les petits dessins noirs restaient de même, sur la paroi du piano noir. On ne savait plus si on les inventait ou s'il en restait quelque trace. La porte du salon avait déjà servi ; l'entrepreneur devait être avare ; on pouvait lire sous la peinture du panneau la trace beige des mots : « Entrée du Restaurant ». Derrière soi on avait la porte de la salle à manger d'où venait une odeur de melon et de fraises. Et à gauche une porte vitrée, avec des carreaux rouges ou bleus et d'autres blancs, gravés de rosaces ; elle s'ouvrait sur un débarras, sans fenêtre et sans ornement. Le Nubien se tenait toujours dans le coin le plus près de la porte du salon. Quelquefois sa tête transparente et sa main de fatma glissaient sur le mot « Restaurant », ou, quand la porte s'entrouvrait, sur le flanc noir du piano qui l'absorbait lentement comme les dessins qu'on faisait dans la buée. Et c'était une chose torturante de ne pouvoir découvrir à qui il ressemblait.

Car le jeu des ressemblances devenait terrible. Tout ressemblait.

Berger eut un jour près de son lit un médecin militaire français en pantalon de gabardine. Il ne lui répondit que distraitement et ne se souvint jamais de rien de ce qu'ils avaient dit. Il n'avait vu que ce pantalon. C'était le sien ! Il le reconnaissait. Mais il y avait dix ans qu'il ne l'avait plus mis ! Comment avait-il pu venir sur un médecin militaire ? Il ne put s'empêcher enfin de le demander, mais il ne crut pas à la réponse. Et ce problème ne cessa pas de l'obséder. On ne pouvait plus se fier à rien ni à personne.

Un jour pourtant il retrouva d'où lui venait l'idée du sac ou de la caisse où il avait pensé, le jour de son arrivée, qu'il eût été logique qu'on voulût l'enfermer à force de vouloir rétrécir son espace dans cette maison de sorcier.

Il rentrait tranquillement chez lui ; c'était peu de temps avant la guerre. Au coin de son domicile, à l'angle de la grille ornée d'un rideau de fleurs mauves, quatre Nubiens en robe blanche discutaient autour du placard en plein air dans lequel le gros concierge gardait au frais les bouteilles de soda qu'il vendait pour une petite piastre.

Le désert arrivait jusqu'au coin de la maison. Le placard était en plein sable, et à côté il y avait un long coffre où le concierge, le « boab », remisait les bouteilles vides. Des « soufraghis », des domestiques de la maison et du quartier venaient lui faire la cour au pied de sa limonade car il connaissait toutes les places. Il y avait le cuisinier de Berger, un autre qui était en chômage et qui vivait des libéralités du boab en portant des sodas dans les maisons voisines. Tout d'un coup cet homme disparut. Berger se demanda s'il rêvait. Il n'y avait pas une demi-seconde qu'il les avait quittés des yeux. Autour d'eux il n'y avait que le sable. Rien ne pouvait cacher un homme. C'était une étrange diablerie, un « ghili-ghili » de derviche. Il ne pouvait pas en croire ses yeux. Il interrogea le concierge. Les autres Nubiens se mirent à rire et lui expliquèrent :

— Fel sandouk !

« Fel sandouk ! » Dans la caisse ! Voulait-il expliquer que cet homme était dans le coffre ?

Il ouvrit le coffre et y trouva de fait le cuisinier étendu de tout son long comme dans un cercueil. Il avait juste assez d'espace pour y tenir. Le boab lui expliqua que cet homme s'y trouvait au frais pendant le jour, au chaud la nuit. Il y avait fait son domicile sur un lit de capsules de soda.

C'était la caisse du boab qui était revenue trouver Berger le jour de son entrée dans cette maison hantée. C'était le profil du « soufraghi » qui revenait dans le Pays Blanc et dans le « Couloir du Premier ».

Le destin de Berger se faisait de plus en plus sombre. Que pourrait-il y avoir au bout ? Il était revenu d'Afrique — c'était déjà une chose si lointaine ! — pour retrouver sa femme et ses deux filles. Deux mois après il rencontrait sur son chemin une guerre mondiale. Cette guerre finissait par la captivité, l'hôpital, la cellule, le suicide, la maison de fous. Et cette fois il était attaché sur le dos par des bracelets aux deux bras et aux deux chevilles. Il les regardait avec curiosité, comme ceux d'un autre, avec leur étoffe grise et leurs ferrures de cuivre qui faisaient penser aux appuis-bras des wagons. Il essayait sans conviction de passer la main à travers. Mais la mesure était bien prise. L'infirmier seul avait la clef. D'autres fois il essayait patiemment, sous ses draps, contre le bracelet et le sommier de fer de longues luttes de patience, compliquées de ruses, de tours de force qui lui promettaient un instant des réussites sous condition : il fallait par exemple, à temps, tourner le poignet dans un certain sens en même temps qu'on imprimait au bracelet une torsion d'un certain angle. Mais le problème était toujours mal posé ou ne se trouvait réalisable qu'à des conditions impossibles.

Le secret de Planier ne risquait pas de se perdre.

Et le plafond traversé de frissons par des ombres, des espèces de rides que les lampes y promenaient comme une moire, racontait des histoires sans fin.

Il parlait de ces grandes nuits, sur les plaines de neige, en Alsace, l'hiver d'avant. Il faisait moins 27°, il avait fait moins 30°. Des étoiles pures comme un cristal pendaient du ciel. Les alpins sur la route blanche faisaient comme des ombres chinoises. Les chevaux avaient froid. On se rasait avec la neige. Des chevaux étaient morts. Il se rappelait leur cou tordu, et leur rictus sur leurs dents jaunes, cette expression d'ironie dédaigneuse qui leur prêtait des airs d'examinateurs sadiques, et ces ventres gonflés qu'on ouvrait au couteau, ces explosions, ces cous qu'on sciait comme une morue, la terre trop dure sous la pioche, et quelquefois, vers l'est ou le nord, le canon.

Berger pour les opérations n'éprouvait aucune curiosité. Son métier l'occupait. Il le faisait en conscience. Le reste ne dépendait pas de lui et tournerait finalement à l'honneur de la France, après des hauts, des bas, des reculs et des avances qui n'avaient aucune importance isolément.

Quel lien logique entre ce film, ce métier de roulier, de cavalier, de palefrenier, de bohémien, de camionneur, et cette vie en face d'un plafond obstiné ? Qu'est-ce qui lui faisait mériter un tel sort ? Mais tout cela n'était rien. Le pire c'était cette France qu'on lui avait dit cassée en deux ! Il l'avait appris, sans y croire, un jour, par des conversations. Et cette Thaïlande ! Il n'y comprenait rien. Quelqu'un avait parlé de Roosevelt. Il lui semblait avoir déjà entendu ce nom... Etait-ce celui d'un ténor, d'un orateur ? Il l'avait entendu quelque part... Quand il cherchait ainsi, sa tête se fatiguait. Il s'agissait probablement d'un urbaniste.

Il avait voulu sauver à la fois son honneur et sa liberté. Il y avait sacrifié sa vie ; le corps réchappé par miracle, il devait maintenant donner l'esprit. Il gardait l'âme. C'est la seule chose qu'on ne puisse pas prendre. Mais que vaut-elle sans ses outils ?

Que de rêves peut faire un homme étendu sur le dos ! Que d'ombres peuvent l'assaillir dans cette position sans défense ! Que de songes peuvent passer sur lui ! Que de nuits peuvent rouler sur sa tête comme des eaux sur une pierre ! Que de chalands sur ces eaux profondes ! Que de soleils amortis par les eaux ! Que de fanaux trompeurs, que de fausses lumières ! que de siècles ! que d'existences ! Que d'agonies, que de renoncements !

Entre deux éternités de nuits, il se réveillait, découvrait une longue salle et, au même niveau que lui, comme des nageurs qui font la planche, cinquante autres malades silencieux.

Derrière lui un homme en blouse grise mangeait sur une petite table sur laquelle il posait une bouteille Thermos. Qui était-ce ?... Ce profil aquilin... Ces cheveux épais où avait marqué chaque dent du peigne... Ces lunettes...

Berger mit une éternité à retrouver au fond de ses souvenirs d'enfance le camarade de collège qui ressemblait à son gardien. Le gardien avait les mêmes mollets maigres que l'adolescent d'autrefois, les mêmes bas noirs, les mêmes culottes bouffantes. Avec sa blouse grise d'écolier il avait l'air encore plus collégien. Les deux images glissèrent l'une sur l'autre, jouèrent ensemble, se traquèrent mutuellement et finirent par coïncider : c'était Vergnaud ! Berger fut étonné que Vergnaud ne le reconnût pas. Il le faisait sans doute exprès. Il l'appela : « Vergnaud ! » L'autre ne réagit pas.

Cette histoire incompréhensible prit dans la tête de Berger une importance considérable.

Toutes les réalités se présentaient truquées.

Il avait accepté des consignes mortelles dont il ne savait même plus si elles étaient imaginaires ou réelles, accepté la captivité, choisi la mort, enduré la folie. Chaque jour apportait une pierre de plus dans son sac.

Un jour pourtant son sort sembla s'améliorer. On lui annonça qu'il serait changé de salle. Il se demanda ce qu'on pouvait encore lui réserver. L'hôpital était divisé en pavillons, distribués comme un grand village, avec aussi des buanderies, des cuisines, une épicerie dans un sous-sol, un atelier et une minuscule chapelle avec un clocher minuscule. Il y avait des sapins, de la neige et des corbeaux.

Cet hiver-là fut aussi rigoureux que l'hiver de la guerre en Alsace. La neige ne fondit pas de deux mois. Un gros monsieur coiffé d'une casquette norvégienne, dont la visière pointue lui faisait comme un gros bec, passait tout noir dans la neige fraîche, pareil aux corbeaux, qui étaient gras. Un demi-malade ou un vieillard en uniforme, car il y avait des gens guéris qui finissaient leur vie dans ces asiles frais — par habitude, par discrétion, peut-être même par fantaisie —, poussait une brouette dans la neige.

Une vapeur sortait des cuisines d'où s'écoulait une eau brûlante qui fondait la neige sur les marches et faisait un seuil d'ébène à cet antre fumant.

Un pensionnaire hurlait dans le pavillon R, dans une langue incompréhensible. Berger le vit depuis, c'était un petit homme maigre, un Polonais flottant dans un costume blanchâtre, qui discourait inlassablement, sans jamais une seconde d'arrêt et en hurlant.

On fit lever Berger. Il trouva sur sa chaise le complet de la maison. Cet uniforme était pimpant ; il rappelait le costume alsacien, mais il était de couleur vert chasseur. La chemise avait un col comme celui de nos grands-pères. Il n'y avait pas de bretelles. Ni de dangereuses ceintures. On faisait tenir le pantalon comme on pouvait. La plupart avaient une ficelle, mais la ficelle elle-même était une chose prohibée. Berger employa son mouchoir ; utilisé en diagonale, il était de longueur suffisante. Avec ce costume régional Berger attendait un haut-de-forme ; mais il n'y avait qu'une petite casquette jockey, toute neuve, toute fraîche, de la taille d'une pastille de menthe, une ravissante petite casquette de singe savant. Sur le fond blanc, en lettres d'or, avec des raffinements dans l'arabesque et des complaisances dans le paraphe : « Mode de Paris ». (Le vieux Fouloux, qui avait le teint rose, la barbe blanche, du ventre et l'aspect solennel, de faux airs de Hugo en somme, prenait dans ce travesti de rigueur je ne sais quoi de majestueux et de frivole qui étonnait le spectateur.) Berger savourait amèrement le noir comique de son décor. Il réclama son uniforme. Mais il fallait porter le costume de la maison... On lui donna une paire de sabots et un gardien pour traverser la cour du paisible village.

On l'amena au pavillon D. Ce fut là qu'il trouva Fouloux. Fouloux savourait sur un banc, dans un vestibule astiqué, la pulpe juteuse de la vie. Il avait la lèvre gourmande et le geste persuasif. Il regardait dans les nuages.

— Tu seras très bien, assura-t-il à Berger en l'accueillant. Ici c'est des guéris. Les distractions sont rares. Mais de temps en temps... L'ennuyeux c'est l'auto. Mais j'y suis fait, mais les virages... je ne peux pas sentir les virages. La nuit dernière je suis monté au paradis ; dans une 10 chevaux. Ça n'a peut-être l'air de rien. Ça fait quand même 420 km, avec le retour. Tout en tournants.

Cet accueil du guéri impressionna péniblement Berger. On lui donna un lit dans une salle cirée, merveilleusement blanche et briquée. Il alla poser ses sabots dans le placard du vestibule. Il se coucha, sur le dos — c'était automatique, il ne pouvait plus prendre d'autre position —, enfonça ses reins dans l'oreiller, regarda le soir monter comme un flot dans la chambre, les veilleuses s'allumer et des bribes de souvenirs flotter comme des reflets, comme des miroirs cassés, sur le flux de cette marée.

Par un trou dans le bleu de la vitre on voyait, entre chien et loup, une espèce de mur beige sur une étendue grise, qui lui rappelait un paysage saharien et l'odeur musquée d'un chapelet arabe orné de clinquants verts et rouges qu'on lui avait donné là-bas. C'était un parfum entêtant. Il se sentait alors victime d'une immense nostalgie de la vie et dc ses surprises minuscules, de ses géographies torrides qui l'entêtaient comme ce musc venu du Sud dans cette plaine de neige et de folie, sous le soleil froid de ces vitres bleues.

Il passait deux fois par semaine dans la cabine ripolinée. La veille il était mis à jeun, et le matin on prenait sa tension. On lui attachait le bras gauche et les pieds au « billard ». On le couvrait d'un édredon plat et très chaud. On lui passait un caoutchouc autour du bras. La doctoresse emplissait une seringue. On le faisait asseoir. On plantait une aiguille dans une veine de son bras droit. On injectait 10 cm^3 d'un liquide transparent. Au bout d'un instant une angoisse lui montait au cœur. Sa vue se troublait. La respiration lui manquait. Il essayait d'agiter son bras libre. Il étouffait comme un poisson dans l'air. Le cœur cessait de battre. Il tombait en arrière. Quand il se réveillait, à sa place ordinaire (un quart d'heure, deux heures après ?) il ne savait plus rien ; il sortait du néant, il n'avait plus de souvenirs ; il ne pensait qu'à manger. Et sa mémoire sombrait de plus en plus.

Il ne se rappela bientôt plus rien, sauf son nom, et son matricule, le numéro de sa compagnie, la dernière adresse de sa femme. Il ne connaissait plus celle de ses parents. Il oubliait en route le commencement de ses phrases. Il s'asseyait sur son lit, épuisé, le front dans ses mains, sûr de sombrer dans un gâtisme dont il ne guérirait jamais.

Il demanda à une infirmière :

— Est-ce qu'on sort de ces maisons-là ?

Elle lui répondit qu'elle se garderait bien de lui donner un espoir qui pourrait être trompeur.

Chaque jour de sa vie exigeait de lui un renoncement de plus à une chose dont beaucoup d'hommes estiment parfois la privation pire que la mort.

Certains malades disaient que ces piqûres tuaient. Ne sachant pas ce qu'on lui voulait, ne sachant plus pourquoi il était là, Berger pensait souvent qu'il y avait contre lui une malignité des hommes ou du sort. Pourquoi ne l'accusait-on de rien s'il était vrai qu'on lui voulût du mal ? Et si on ne lui en voulait pas pourquoi ne lui expliquait-on rien ? Pourquoi le condamnait-on à ne jamais sortir ? Peut-être le prenait-on pour un autre chargé de quelque crime affreux ? Peut-être aussi agissait-on par une haine inexplicable, par un sadisme d'ennuyé ? Il était possible, après tout, dans cette réalité de feuilleton, qu'on tuât les gens par des piqûres, par des procédés hypocrites qui échappaient à toutes les lois, ou encore qu'il servît de cobaye ? Parfois la chose lui paraissait même vraisemblable.

C'était parfois en attendant une mort certaine, et souvent une mort possible, tout point de départ manquant à ses raisonnements, qu'il attendait le coup de seringue dans le cabinet ripoliné. Certaines piqûres ne faisaient pas longtemps souffrir ; elles ressemblaient à une anesthésie ; d'autres vous travaillaient, avant de vous assommer, d'une angoisse physique raffinée qui ne durait peut-être pas longtemps, mais qui semblait durer des heures.

Il accepta de finir dans cette angoisse physique deux fois par semaine pendant près de trois mois.

Moralement il était au-delà de la mort. Vingt et une fois, en moins de six mois, il acquit l'expérience de l'agonie consciente se présentant à échéance connue.

Quelquefois il se demandait si on cherchait à lui donner le mépris de la mort. Mais ce n'est pas une leçon qu'on donne à quelqu'un qui revient du suicide ! Alors quoi ?

D'autres fois, quand il venait de manger et qu'il avait une cigarette, tout cela le faisait sourire. Il n'y voyait qu'une amusette. A d'autres moments c'était atroce. Il ne savait plus. Il lui semblait qu'on lui avait mis un bandeau sur les yeux et qu'on l'avait lâché ainsi dans un labyrinthe sans issue dont il croyait trouver la porte par moments. Mais une trappe basculait et il retombait dans l'impasse. Il ne savait plus. Il ne savait rien. La mort ennuyait Berger par une banalité sans nom.

Il eut la chance d'être mis dans un lit qui était placé devant une fenêtre dont la peinture bleue avait un petit trou. A travers le trou on voyait le village des malades, deux sapins, une petite chapelle, un corbillard. C'était le voyage et l'aventure ! C'était la vie !

Il n'y avait plus de Nord, plus de Levant, il n'y avait plus d'étoile polaire. Pantalona avançait dans la nuit. Le vent soufflait. On était parti le matin en se réglant sur le soleil ; on marchait dans la nuit, on avançait quand même. Sa « rame » de bohémiens avançait devant lui. On attendait l'aurore et on n'y croyait plus, on se perdait ; on y croyait quand même. Ils étaient des enfants perdus.

Une nuit, il se réveilla avec l'impression d'être en retard, cherchant son ceinturon et sa selle. Par le petit trou de la peinture bleue il aperçut le village des malades endormi ; les grands sapins étaient couverts de neige ; il fallait trouver les chevaux. On était arrivé la veille. On ne savait plus au juste où étaient les écuries. Les gros clous des souliers glissaient sur la glace des petites rues noires. On tombait, la selle sur la tête. On perdait une gourmette. Il fallait la retrouver. Les chevaux s'étaient blessés dans les endroits de fortune où on devait les entasser. Les doigts se gelaient. Mais on allait avoir le jus. En passant dans une écurie on aurait une bouffée d'air chaud. On allumait une cigarette. Tout allait bien. On attellerait à temps. Les copains arrivaient déjà. On voyait au bout des petites rues les points rouges de leurs cigarettes. Sur le coup de sept heures et même avant on trouverait sans doute une auberge où on prendrait un verre de blanc. Les chevaux étaient cramponnés : ça marcherait. A l'auberge, sûrement, on trouverait du kirsch et du feu. Il y aurait une grosse blonde qui ferait chauffer le café. Et une belle route bien droite, avec un matin lisse, un lever de soleil rose et glacé. Les naseaux de Pantalona fumeraient sur l'horizon gelé.

Berger tâtonnait de la main gauche. Il voulait attraper son casque qui était à côté de lui, dans le foin. Mais quelque chose l'en empêchait. Un camarade lui tenait le poignet. C'était une plaisanterie idiote. On avait juste le temps. Il tira tant qu'il put. Le camarade ne lâcha pas. Il vit le bracelet qui liait son poignet au sommier. Il regarda sa main sans alliance, son bras sans plaque d'identité. C'était un homme sans femme, sans nom, et sans métier.

La lune éclairait les sapins, le clocher pointu de la chapelle et le petit corbillard sans chevaux dont le toit était couvert de neige. Il avait l'air avec ses courbes grêles, et la neige qui effaçait la moitié de ses surfaces, si bien qu'il n'en restait qu'un minimum de traits, d'une voiture d'enfant, d'une tache d'encre de Chine, d'une mouche engluée dans du lait.

Berger se sentit soudain si nu, si vide, si hors du temps qu'il se demanda si, vraiment, il était autre chose qu'un fantôme.

Pourquoi ne lui rendait-on pas cette plaque d'identité qui l'assurait de son existence, qui lui donnait une place dans le monde, son alliance qui le reliait à une famille, morte ou vivante ?... Il accepta...

Il accepta, quand il dut constater que sa mémoire était entièrement perdue, de rester toute sa vie un idiot bégayant, et de finir, vieillard gâteux, dans quelque hospice sans visiteur. Il se traînerait jusqu'au jardin. Peut-être trouverait-il quelqu'un qui lui donnerait un peu de tabac. Il organisait la façon dont il tuerait ces longues journées. C'était son rêve des jours de fête. En été il y aurait des fleurs et des abeilles, et des sauges au bord de l'allée poussiéreuse, qui brilleraient d'un éclat aveuglant.

Il voyait mal. L'un de ses yeux n'était plus capable de lire et les deux le faisaient souffrir. Il pensa qu'il deviendrait aveugle. Il ne pouvait rien contre cette idée. Elle le subjugua entièrement. Il fut étonné de l'accepter comme un détail qui avait même son pittoresque. Il se sentait faussé dans sa façon de sentir. Il arrivait à avoir le goût de la catastrophe comme d'une espèce de distraction dans une vie qui ne pouvait plus en avoir d'autres. D'ailleurs, qu'appelle-t-on distraction ?

Il ne pouvait plus distinguer entre le comique et le tragique. Il trouvait tout si affreusement comique, si également ridicule qu'il n'y avait même pas à en rire. Le plus ou le moins, à cette échelle, ne comptait plus.

Il avait perdu tout repère ; ou plutôt il en avait d'autres. Il s'aperçut que ceux de la vie courante, et jusqu'à la notion de grandeur, étaient faussés par la notion de l'utile, que les réputations sont faites, bonnes ou mauvaises, du besoin qu'on a qu'elles existent ; bref il apprit ce qu'enseigne aux hommes la solitude quand ils sont au-delà de l'opinion.

Il découvrit comme des bêtes fauves les lieux communs de la sagesse qu'on cite impunément dans la conversation parce que tout le monde s'est entendu pour les châtrer. Il s'aperçut que les meilleurs des hommes ont bâti à la vérité un temple d'or où ils l'adorent momifiée, afin qu'elle règne et ne gouverne pas, et l'enferment à triple tour parce que, si elle sortait un jour de ses bandelettes, sa nudité ferait scandale et blesserait toutes les pudeurs.

Il n'eut qu'à se promener en lui-même pour découvrir ces vérités que tout le monde sait inutilement et dont le moins qu'on en pourrait dire pulvériserait toute société. Il en eut le temps... Il avait trop supporté pour son corps, il supporta trop pour son cœur qui se détacha, trop pour ses nerfs qui furent cassés et sa raison qui s'y perdit. Mais il s'aperçut que l'âme peut résister à tout. Elle restait comme une vieille reine inamovible au milieu des ruines de son temple et de ses serviteurs aveugles. Elle se promenait dans sa tête vide comme dans un château hanté, en s'appuyant sur une canne, et son pas faisait sonner les voûtes. Il l'attrapait comme un têtard et la disséquait avec rage.

Un enfant ramasse une pâquerette. Il la met dans de l'eau, elle ne demande pas plus. Elle vit, elle meurt. Elle ne pose pas de problème. A partir du moment où il tire les pétales, coupe la tige et gratte le cœur, il s'émerveille d'une vie si compliquée. Berger découvrait l'âme avec étonnement ; il se promenait dans la sienne comme un jardinier dans une serre et se livrait à des expériences. A l'extrémité de la souffrance, le besoin de bonheur de l'homme est chose si exigeante qu'il s'invente une joie de la douleur, non pas une joie de souffrir, mais un plaisir sportif, un plaisir de chasseur ; il finit par vivre avec la souffrance dans une telle familiarité, dans une telle série de victoires et de défaites, qu'il ne la craint plus et peut même la rechercher pour conserver un adversaire et meubler le vide, comme un homme mal marié garde une femme insupportable.

Il bat des records, il organise des championnats.

Berger ne comprenait plus que les fakirs et les moines, les sahariens, les bergers, les marins. Il y a là une intensité dont on garde la nostalgie ; et un goût du vertige dont il est difficile de dire si c'est une chose saine ou malsaine. C'est une aide et c'est un danger. C'est une réaction raisonnable. De toute façon c'est une occupation (on préfère la souffrance au vide) dont la subite privation peut laisser un homme étourdi : il est dangereux de réveiller un somnambule sur le bord d'un toit.

Quand on lui dit qu'il sortirait un jour de là, cette nouvelle ne lui fit ni chaud ni froid. Il n'avait plus le désir du bonheur parce qu'il ne savait plus ce que c'était. Nous ne regrettons pas de ne pas manger les fruits qui poussent peut-être dans la lune.

La nouvelle l'inquiéta plutôt, car il ne croyait plus personne et soupçonnait un piège du sort qui pouvait blesser d'autres bêtes.

Il craignait le bonheur comme un piège. Après s'être préparée toute sa vie à y entrer, l'âme la plus croyante hésite à la porte du paradis. Le problème s'était présenté d'une façon si compliquée qu'il ne pouvait pas croire à une solution simple.

Il rêvait qu'il était tapi dans un grenier. C'était dans une auberge au bord de la frontière qu'il devait franchir pour s'évader. Il y avait des mois, des années qu'il préparait son évasion. Il s'était procuré un costume civil, on devait le lui apporter cette nuit dans le grenier. Il n'entendait plus rien depuis un long moment. L'avait-on oublié ? Le costume viendrait-il ? Il se sentait tendu comme une corde de violon. Au rez-de-chaussée le gramophone s'était tu. Et tout à coup il tressaillit. Il venait d'entendre quelque chose ; mais ce n'était qu'un air de la radio, un air de Lulli, grêle et perlé, comme un fil d'or sur un brocart. Ensuite il y eut le pas d'un client attardé. Le patron devait fermer la boutique. Et puis plus rien. Une lampe électrique dont le rayon passa par la fenêtre du grenier dessina un profil de loup sur une poutre ; c'était l'ombre d'un vieux parapluie pendu à une solive, en face, à côté d'un calendrier des postes qui jeta brusquement une image dans la nuit : une troupe d'enfants à bicyclette descendait une route en S dans la montagne. Il y avait eu aussi quelques sacs de café, des poutres et des araignées, un chapeau de soleil à un clou, une malle recouverte d'un cuir encore bourru de poil de chèvre, et une ombrelle ; puis tout était rentré dans l'ombre. Au bout de tant d'efforts, de ruses, d'anxiétés, d'espoirs, d'échecs, de réussites, Berger allait enfin partir. Il ne manquait plus que le complet civil. L'homme allait venir.

Et s'il ne venait pas ?...

Berger s'était étendu à plat ventre sur un billard au tapis poussiéreux. Il regardait par la fenêtre. Dehors c'était une nuit de neige dans la montagne, brillante comme une veillée de Noël. On voyait à moins de trois cents mètres la glace sur la petite rivière qu'il devait passer pour partir. Il faisait terriblement froid. Mais il était si fiévreux qu'il ne le sentait pas. Son corps brûlait. Et pour un monde il n'eût pas fermé la fenêtre qui donnait sur la liberté.

Un éclair de lampe électrique effleura de vieux

bouquins ; il reconnut la couverture rose d'un livre de géographie qu'il avait eu lui aussi en sixième. Il y eut un bruit de portes et de pas. Il tâta dans sa poche son trésor de prisonnier : une boîte de camembert vide, dans laquelle il y avait quatre pincées de tabac, un cahier de papier zig-zag, une clef et une photographie. La clef, il ne savait plus ce qu'elle ouvrait dans le civil. Il la gardait par acquit de conscience.

Il entendit monter un pas. C'était le patron. La porte s'ouvrit tout doucement, le vieux lui mit un gros paquet entre les bras et lui chuchota : « Filez vite. Les deux sentinelles sont à boire. Je les retiendrai tant que je pourrai. »

Le cœur de Berger battait à se rompre. Il enfila silencieusement le complet civil, sauta sur la fenêtre et se pendit par les mains. Il resta là accroché une seconde, le temps de jouir au bord de la liberté de l'instant le plus intense de sa joie. Puis il lâcha prise et se mit à courir dans la direction de la rivière, épiant à l'orée du bois le passage d'une ronde ou d'un indésirable. Rien ne parut, c'était trop beau. Il arriva jusqu'aux buissons qui le séparaient de la rivière. Là, dans cette ombre épaisse il fallait se méfier. On risquait de tomber à chaque pas sur quelqu'un. Il traversa avec des ruses de Sioux. Personne. Il arriva à la rivière. C'était trop beau. C'était même décevant. Tant de travail, tant de mois, tant de peine pour un résultat si facile ! Ça ne payait pas. C'était une affreuse ironie. Il traversa lentement la rivière. Il touchait à la terre promise ; il entrait dans la liberté. Il se retourna, personne. Il se mit à siffloter. Aucun obstacle. Ce n'était pas possible. Il revint sur ses pas en regardant partout. Personne, pas de piège. Il fouilla les buissons. Il appela. Nul ne vint. Alors il se tourna vers l'auberge et de toute sa voix il cria dans le silence : « Je pars. Je m'en vais. Je f... le camp ! Je me barre ! Je mets les voiles ! » Rien ne répondit. L'auberge était éteinte. Pas une sentinelle ne sortit. Il se sentit si désorienté qu'il revenait au camp, les deux mains dans ses poches, la tête baissée, rongé de questions et de problèmes, au moment où il s'éveilla. Il avait pris la nostalgie de son inquiétude et de ce vertige qui fait vivre à un acrobate au milieu de la corde raide, les secondes les plus intenses de sa journée.

Les prisons font une ombre longue. Il faut longtemps à un homme qui court pour en sortir.

Berger ne recevait des siens que des nouvelles extrêmement rares et courtes. Encore les croyait-il truquées, par pitié ou par ironie. Voyant son sort devenir de plus en plus sombre il attribuait cette progression à une mauvaise volonté dont il se tuait à chercher l'origine et à dépister les effets. Il avait fini par penser qu'on devait le prendre pour un autre ; un autre coupable de quoi ?... Il ne répondait plus à sa femme, qu'il croyait morte, que pour laisser croire à ses gardiens qu'il était dupe de leur ruse, afin de ne pas éveiller de leur part une méfiance qui eût risqué de lui nuire le jour où il essaierait de s'évader. D'ailleurs, si elle n'était pas morte, et si on le prenait, lui, Berger, pour il ne savait quel coupable, il risquait de la compromettre en lui écrivant. Et si on ne le prenait pas pour un coupable, c'était pire, c'est qu'il avait affaire alors à une mauvaise volonté toute gratuite dont il y avait tout à redouter. D'autre part, plus il se méfiait, plus il devait paraître louche. C'était peut-être lui qui créait une suspicion contre lui-même ? Il s'y perdait.

Toute réalité lui était devenue mensonge probable, et tout mensonge réalité possible.

Quand on lui dit que sa femme devrait venir l'attendre à la ligne frontière il se méfia d'un piège pour elle. Si on le prenait pour quelque criminel, comme ses déductions le lui faisaient souvent croire, peut-être risquait-elle d'être prise pour une complice, et de devenir victime de son dévouement ? Mais s'il lui écrivait de ne pas venir on s'apercevrait qu'il se méfiait ? Et dès lors on le croirait coupable ? Et sa femme risquerait bien plus ! A qui avait-il affaire ? Pourquoi l'enfermait-on ? Il écrivit donc à sa femme (existait-elle encore seulement ? Peut-être voulait-on simplement s'assurer qu'il se figurait qu'elle existait encore ?), il écrivit à sa femme quelques mots destinés à la dégoûter de venir. Et il attendait sa libération avec angoisse. Il demanda qu'on ne fît pas venir sa femme, en prétextant que la joie risquait de lui faire mal et d'aggraver sa maladie. Mais c'était nécessaire. Il demanda à rester encore jusqu'à ce qu'il fût capable de partir seul. Mais la chose ne s'arrangea pas. Il demanda à être renvoyé dans un camp de prisonniers non malades. La chose ne s'arrangea pas. A faire partie des Services de Secours aux blessés dans les villes bombardées. Mais la chose ne s'arrangea pas. Il vécut désormais tremblant d'être libéré.

Ce n'était pas qu'il ne lui vînt pas à l'idée que les choses pussent être simples et que sa seule fatigue fût à l'origine de ces quiproquos épuisants. Mais la vérité ne lui apparaissait qu'au milieu de mille autres possibles, suspecte du fait même de sa simplicité.

Et puis le jeu des ressemblances continuait à l'user. Il avait reconnu la veille son pardessus sur le dos d'un médecin ; la bicyclette des jumelles contre un mur.

Enfin un jour on l'envoya chez le dentiste. Ce fut une promenade magnifique. Il n'était pas sorti de huit mois. On partit dans la nuit, à sept heures du matin, c'est-à-dire cinq heures au soleil. Il y avait une route gelée sur laquelle on ne voyait rien ; en même temps, une pluie torrentielle. Rien ne prouvait mieux qu'on n'avait pas de plafond. Il n'y avait cependant pas moyen de s'échapper. La glace dérapait trop, et de chaque côté de la piste la couche de neige était trop haute. Il aurait fait n'importe quoi : il eût pris un avion sans savoir le faire marcher, en se disant qu'une chance lui ferait peut-être trouver le déclic qui commandait le départ, une autre, en l'air, le mouvement nécessaire pour descendre, ou faire une chute (on en échappe parfois) ; mais l'occasion le prenait au dépourvu et lui opposait des obstacles si simples qu'il ne les avait jamais prévus : le gardien resta derrière lui.

Le jeu des ressemblances continuait : dans la salle d'attente du dentiste il trouva son propre buffet ! Ce n'était pas un buffet en série. Il lui venait d'une vieille parente. Il en reconnut la clef, les ferrures, les défauts. Il n'osa pas interroger le dentiste. Il se disait : « Ou je suis fou, et jamais on ne me laissera partir si je le laisse remarquer ; ou le monde est fou, et toute question est inutile. »

Il revint en se demandant ce que signifiait cette

diablerie. Il y avait si longtemps, cependant, qu'il n'avait revu son mobilier — et il ne l'avait jamais revu qu'un mois ou deux depuis quatre ans — qu'il pensa qu'il s'était trompé... Mais le pardessus du médecin ? Et le pantalon du major ? Et la bicyclette des jumelles ? Et Vergnaud ?... Il tournait dans une maison hantée !

Fouloux avait bonne volonté. Il prodiguait les conseils salutaires. Il avait déjà appris à Berger le grand danger de faire de l'auto, dans cette maison. Il fut probablement heureux de voir que ses conseils étaient suivis. Comme Berger avait l'habitude de se laver nu tous les matins (ce qui ne pouvait offusquer personne, surtout les infirmières qui le connaissaient par cœur) il lui expliqua en confidence :

— Ne te lave donc pas comme ça. Si tu fais de ces choses-là on ne te laissera jamais sortir.

Berger n'eut pas le courage d'obéir à Fouloux. Fouloux l'abandonna à son inexpérience.

Carnavaux imitait le bêlement de la brebis. Le soir, Berger lui disait :

— Carnavaux, fais-moi la brebis.

Carnavaux, qui pliait sagement sur le banc, derrière les lits, son petit costume régional, se tournait gentiment vers Berger, dans une grande chemise blanche, caressait sa barbe de fleuve et disait « Bêê ê-ê-ê » en modulant.

Ensuite il riait dans sa barbe, et on ne l'entendait plus de deux jours.

Berger qui ne parlait presque plus, lui non plus, chercha en vain, longtemps, une distraction saine. Il essaya des exercices physiques. Mais comme il terminait son hébertisme en chambre par une marche sur les mains, il dut cesser rapidement devant le blâme de ses camarades qui ne se gênèrent pas pour le traiter de tapé.

Il essaya de copier vingt fois *La Maison du Berger* de Vigny. Il s'arrêta, à la onzième, juste au moment où le héros jette en otage

> *Son vieux père et ses fils au monstre de Carthage*
> *Qui les rejette en cendre aux pieds du dieu de l'or*

pour le punir d'avoir eu confiance dans ces locomotives diaboliques qui infligeaient à l'organisme humain des vitesses de trente à l'heure (Fouloux aurait dit : « C'est bien fait ! »).

Il essaya, pour varier, d'orner le texte de Vigny de petites notes et de commentaires en renvoi qui donnaient à ces pages un socle, une densité typographique, un équilibre plus joyeux. Il écrivait au bout d'un mot le chiffre 1 entre parenthèses et le reportait au bas de la page : « Le pessimisme de Vigny, etc. » Il s'imposait d'arriver jusqu'à (4) : mais ce n'était pas réellement rafraîchissant.

Il voulut faire les lits, ou nettoyer les vitres. Mais les places étaient prises par des sportifs jaloux. Il inventa d'épousseter les lames des sommiers métalliques. Ça, personne n'y avait pensé ! Ou plutôt on ne le faisait qu'une fois tous les quinze jours. Mais les titulaires des sommiers se méfièrent de ces nouveautés. Que pouvait bien dissimuler ce zèle ? Il fut soupçonné d'espionnage. Il se rappela les deux clous qu'il avait tenus cachés sous son matelas dans sa cellule, et il cessa d'épousseter les lames.

Il y a d'humbles misères pires que de recopier onze fois *La Maison du Berger* ou d'inventer l'époussetage quotidien des lames de sommier métallique. Les cabinets se trouvaient en plein dortoir, isolés simplement par une cloison très basse. Cette publicité gênait beaucoup Berger.

Il obtint de faire la corvée d'eau. C'était une récompense qu'on ne galvaudait pas. Elle allait au mérite modeste. Sur le coup de cinq heures du matin (à sept heures de la nouvelle heure), après avoir passé son costume régional, on enfilait dans un placard des sabots de bois, on attrapait des seaux, des cruches, des marmites de cinquante litres, on attendait qu'une infirmière ouvrît la porte et on s'élançait dans la nuit, sur la glace de l'escalier de pierre, comme sur une patinoire de concours. On traversait une petite cour. Il y avait encore une porte qu'on ouvrait et qu'on refermait. Ensuite c'était un espace idyllique, une espèce de place du village (il y avait d'autres portes, hélas !). La neige, un grand wellingtonia tout pareil à un pain de sucre, le feu des fenêtres des cuisines, la glace qui brillait et une énorme lune au-dessus du clocher de la chapelle. Le petit corbillard, quand il se trouvait là, avait quelque chose d'intime. La glace faisait sonner les pas. Ensuite la neige les étouffait. Le wellingtonia, dans ce silence, sous les lumières des cuisines, avait l'air d'un arbre de Noël. Les étoiles brillaient. Le froid était atroce, mais on sentait pour dix minutes la liberté. D'autres équipes arrivaient des autres pavillons. On faisait la queue devant les robinets d'eau brûlante en posant sa marmite sur une table d'acier qui était toujours maintenue chaude pour ne pas laisser geler les plats. On s'asseyait dessus pour attendre. Dix minutes après cette sortie on retrouvait son lit, son vide, sa solitude et ses douleurs fidèles.

Sur la fin de son séjour, à force de mérite, Berger conquit la situation de second aide caviste de tout l'établissement. Il cumulait cette profession avec celle de commis en second de l'épicerie. Ce fut l'un des plus jolis métiers qu'il eût pratiqués dans sa vie. L'épicerie était en sous-sol (la cave aussi naturellement); on y avait constamment des lampes qui entretenaient un halo familial. Au-dessus de soi, par la fenêtre, on voyait le grand sapin et un groupe de corbeaux fermement décidés à rattraper le fromage perdu dans La Fontaine. C'était un paysage de fable. On faisait briller des cuivres, on astiquait des vitres, on époussetait le rayon des conserves, on chassait les souris, on taillait des festons dans des ronds de papier blanc pour les balances brillantes, on isolait le macaroni des crottes de rat, et on portait dans les cuisines fumantes, en faisant craquer la neige sous des sabots bien chauds, le sac de lentilles quotidien, le gruyère en robe d'argent et cinq litres de vin pour les sauces.

Les cuisines, à elles seules, étaient une attraction.

Les marmites avaient deux mètres cubes. Elles s'alignaient sur toute la longueur de la grande salle. Elles s'inclinaient au moyen de poulies ; on levait le couvercle avec des treuils. L'axe passait en haut. Le cuivre, la céramique, la fonte, la machinerie donnaient à cet espace un air industriel. La buée le noyait dans une brume fantastique. On cherchait le chef, par un réflexe, sur une passerelle de commandement.

Un marmiton mélancolique cassait du sucre au marteau-pilon.

Le matin on balayait les salles, le magasin, le vestibule, la direction. Berger préparait le bureau-classeur avec des raffinements ; cet instrument de travail et de supplice lui avait toujours profondément déplu, encore qu'il fût trop consciencieux pour n'en avoir pas fait usage autant que l'exigeaient ses devoirs. Il se vengeait de ces nausées en préparant ce meuble pour un autre patient. Il le passait au plumeau, au chiffon, à la brosse douce et à la peau de chamois. Il lui arrivait de le laver et de l'encaustiquer en cachette. Il fallait le lui arracher des mains.

Il s'acharnait aussi avec prédilection sur les poids de cuivre alignés dans un bloc de bois. Malheureusement il manquait le poids de cinq grammes, le plus petit, le plus joli, le plus brillant, et cette lacune le faisait souffrir dans sa vanité artistique. Ensuite il faisait, à l'entonnoir, des huit et des cœurs sur l'asphalte.

Il aimait la balance romaine. Elle avait au milieu

des sacs et des caissettes monotones, une personnalité frappante. Les soupiraux l'éclairaient d'un jour triste, mais aux lumières, avec son poids de cuivre, elle avait quelque chose de sérieux, d'élégant, de posé, de sobre et de juste, un je ne sais quoi... Ces choses-là ne s'expliquent pas... il aimait la balance romaine.

Il aimait aussi les deux vieux qui venaient s'asseoir à côté de lui, après le travail, dans le vestibule, autour de la chaudière du chauffage central. Ce vestibule était un cube très bas de plafond, cimenté, asphalté, tout nu, un dessous de plancher qui aurait été le lieu le plus désolé de la création s'il n'eût été dramatisé par le passage d'une grosse conduite et d'une foule de tuyaux ou de câbles électriques qui lui donnaient un air scientifique et meublé. La chaudière du chauffage central occupait presque tout l'espace, mais il restait une petite marge dans laquelle on pouvait s'installer sur un banc. La chaudière ne chauffait pas, mais la pièce était en sous-sol et ce coin était le plus tiède.

Les vieux s'appelaient le père Pichaud et le père Machut, comme des villageois de vaudeville. Ils avaient de grosses moustaches grises, de vieilles capotes et, comme Berger, le petit costume régional. Ils n'aimaient pas qu'on touchât à leur besace, qu'ils pendaient à cheval sur le tuyau du gaz. Ils s'asseyaient tous trois dans l'ombre du chauffage et c'était comme un bouquet de fleurs. Ils ne disaient rien. Berger avait pour eux les attentions que commandait leur âge. Ils l'en récompensaient en lui offrant parfois une cigarette (le tabac était rare) et il s'en revanchait en leur laissant son vin.

Il pensait qu'avec de la chance il leur succéderait peut-être un jour et finirait paisiblement ses jours dans l'ombre tiède du vestibule sur le banc du chauffage central. De temps en temps l'un d'eux poussait un grognement. Ça passait le temps.

De l'autre côté des cuisines, devant la chapelle, il y avait le corbillard. Le vestibule n'avait pas de fenêtres. Il en naissait un charme intime et une nécessité d'éclairage électrique qui entouraient d'une dorure poétique et d'une sensation de calfeutrage ces mondanités modestes. Berger eût mieux aimé chevaucher sur les routes, mais il ne se déplaisait pas avec ces vieux dans ce petit coin.

Malheureusement le jeu des ressemblances continuait d'une façon tragique. Le directeur de l'épicerie amenait quelquefois sa petite fille, et Berger, avec effarement, crut reconnaître sur le dos de l'enfant le manteau même d'une des jumelles. Tout redevenait inexplicable. Les cheveux de la petite, comme ceux de sa fille, sentaient un peu la balle d'avoine. Berger alla se cacher derrière le chauffage central et, s'accordant quelques secondes, éclata en sanglots violents qui lui secouaient les épaules. Il lui sembla qu'une main se desserrait dans sa tête, la même, sans doute, qui l'avait empoigné au soixantième kilomètre... Le vieux Machut qui arriva peu après s'aperçut-il de quelque chose ? L'ayant regardé dans les yeux il lui fit faire deux cigarettes et l'attrapa pour une histoire de sacs. Berger empoigna l'entonnoir et dessina des éléphants sur l'asphalte de la réserve, avec une pâquerette imprimée sur le flanc.

Ce soir là il fit à sa femme, sur les sept lignes

réglementaires, une lettre destinée à l'empêcher de venir.

Il avait joué à qui perd gagne. Et maintenant il ne savait plus ce qui était perdre et ce qui était gagner.

La porte de l'hôpital était un monument fermé par une série de serrures. Quand on rentrait de l'épicerie, il fallait franchir une enceinte qu'on refermait derrière vous. Quand cette porte était passée, il fallait en franchir une autre et on la refermait aussi.

Par ce trou de la vitre bleue Berger voyait, de ses yeux abîmés, cette espèce de chose vague et beige qui avait l'air d'un mur saharien.

Il se déshabillait en regardant Carnavaux qui, de l'autre côté, symétriquement, retirait avec soin ses chaussettes. (Huit heures sonnaient.)

— Fais-moi la brebis, Carnavaux.

Carnavaux enlevait posément son caleçon et rangeait ses habits sur le banc.

Il se redressait ensuite, caressait sa grande barbe et prenait un air malicieux.

— Bê-ê-ê-ê, modulait-il.

Berger le remerciait poliment, s'appuyait sur le coude gauche, et mettait sombrement son menton dans sa main.

Depuis qu'il avait le droit de sortir, il assistait à la messe du dimanche. La petite chapelle était glaciale. Il y avait un énorme poêle chauffé à blanc, mais l'hiver était froid. On gelait à deux mètres du poêle. D'un côté il y avait des femmes, de l'autre quelques hommes, en petit costume local. Autour d'un harmonium les ténors se groupaient : Fouloux, Forcebras, quelques autres que Berger ne connaissait pas. Ils avaient de larges épaules, de terribles moustaches et des airs solennels. C'était Forcebras qui avait la moustache la plus longue et le ventre le plus épais. On distinguait dans le clair-obscur, au-dessus des épaules d'Hercule et des effrayantes moustaches, de grandes calvities de saint de vitrail ; on devinait des barbes de fleuve. Et le chœur reprenait le refrain du cantique, qui parlait de « blanc papillon », et Forcebras frisait son effrayante moustache, et on comprenait seulement les mots du dernier vers qu'on entendait ainsi :

Pareil à de blancs papillons.

Ces frivoles prétentions, ces fringances printanières, ces mutines suavités, ces ventres, ces moustaches, ces costumes vert chasseur prenaient dans ce village d'hiver et de désespoir une ironie désespérée.

Le soir, en rêve, Berger retrouvait Forcebras posé sur le sapin de l'épicerie comme une légère petite chose.

L'aumônier des « Blancs Papillons » était un vieil homme plein d'esprit qui avait fait quatre ans de tranchée. Il donna à Berger un chapelet de métal et l'*Imitation de Jésus-Christ*.

Berger ouvrit le livre au hasard. Il lut cette phrase : « Comment passerai-je au travers de tant d'ennemis ?... Je marcherai devant vous, dit le Seigneur, j'ouvrirai les portes de la prison... »

Il s'émerveilla d'un auteur qui osait de telles

promesses et de cet art du cœur qui résout par l'algèbre tous les problèmes d'arithmétique de la raison.

Un soir, tandis qu'il restait là, les yeux bloqués, figé par l'idée fixe, il vit passer Planier, comme la nuit de sa capture. Il le suivit du regard, mais Planier disparut par la porte de l'escalier. Il ne restait plus qu'une infirmière qui lisait. Elle n'avait pas levé la tête. Tout le monde dormait. Il se dit : « Ça recommence. »

Et il rêva qu'il se trouvait sur le billard dans le grenier, devant la fenêtre, comme dans le songe de son évasion. Mais cette fois sa femme était de l'autre côté de la rivière. Il la chassait. Elle pleurait. Et il ne pouvait rien lui dire.

On lui avait refusé de retourner au camp ou de faire partie des formations de secours ; il cherchait avec désespoir dans quelle équipe de sacrifiés il pourrait encore demander place quand on lui dit de venir s'habiller pour partir.

Il n'y crut pas.

On lui rendit son alliance et sa plaque d'identité.

On lui donna un petit manteau de demi-saison et une nouvelle casquette fantaisie qui portait dans sa coiffe, comme l'autre : « Mode de Paris », avec un paraphe ouvragé. Il mit dans son mouchoir noué aux quatre coins la boîte de camembert qui lui servait de blague, une vieille clef, une ficelle neuve et quelques autres brimborions qui constituaient son avoir personnel ; on le fit monter sous surveillance dans un camion et on lui dit qu'il s'en allait. Il n'y crut pas.

L'auto s'arrêta devant la porte. Il y eut des bruits de pas, des grincements de serrure, des écritures ; la porte s'ouvrit. Il n'y crut pas.

L'auto roula. Il alluma une cigarette. La route était blanche de neige, la neige était gelée, le ciel gris, des flocons tournaillaient dans le vide. Il caressa du pouce sa plaque d'identité. Il se dit : « C'est moi. » Il regarda le gardien et lui dit : « Je m'appelle Berger, matricule 2404. » Mais le gardien n'y vit aucun inconvénient.

Il regardait passer les arbres. Il y eut une ville. Il y eut le barrage où il avait failli se noyer. La neige, au-dessus de la route, repartait à mi-chute, avant même d'avoir pu se poser, emportée par un vent glacé qui la tourmentait dans l'espace.

Il se rappela comme un songe sa première nuit de prisonnier. Il pensa :

— Je reviens de la guerre, de la captivité, de la mort et de la folie...

Des arbres nus défilaient sur la route.

Il enleva sa casquette fantaisie et la regarda dans tous les sens.

— Où arrive-t-on quand on revient de tout ça ? se demanda-t-il.

Il inventoria son mouchoir. Il y vit la clef, la ficelle : un bagage de « Blanc Papillon »...

— Si tout d'un coup c'était vrai que je m'en aille ! se dit-il.

Le gardien était en face de lui. Berger se sentit secoué soudain d'une envie de rire à se taper les mains sur les genoux. Mais il avait appris à ne rien manifester. Il pensa terrifié :

— Ma femme ! Pourvu qu'elle ne soit pas venue !

L'auto ralentissait. Il vit un fleuve sombre, des

flaques gelées, un pont blanc de neige, une baraque. Des soldats allemands réclamaient les papiers.

— Les hommes de garde, se dit-il... « Salué par les sentinelles... »

C'était le rêve excessif de sa première nuit ! Ce n'était pas vrai !

A l'autre bout du pont glacé il y avait un deuxième barrage. Sa femme devait y être, lui dit-on. Il se sentit désespéré. Il fallait l'empêcher de venir. On le trompait peut-être pour la prendre. Il ne fallait pas qu'elle entrât chez les « Blancs Papillons »...

Il lui crierait de ne pas traverser le pont. Mais s'il faisait ça on le ramènerait à l'hôpital. Et les médecins étaient peut-être de bonne foi. Peut-être était-il vrai qu'on allait le libérer ? Comment savoir ? Que faire ?

Il demanda à l'homme qui était assis dans la voiture :

— On vous l'a dit qu'on me libérait ?

— Vous le voyez bien ! répondit l'homme.

— Vous croyez ça ?

— Attendez une minute ! Votre femme doit être de l'autre côté.

On revint. Sa femme n'y était pas.

— Qui perd gagne, se dit-il encore.

Il se sentait à la fois affreusement déçu et merveilleusement soulagé, mais plus déçu que soulagé. Maintenant qu'il n'avait plus à craindre pour sa femme il se disait qu'après tout, peut-être, on avait eu l'intention de le lâcher. Et dans ce cas-là c'était navrant.

On lui expliqua que c'était le décalage de l'heure, que sa femme se réglait sur celle de la zone libre.

Cette défaite lui parut mauvaise. Il se demanda quel piège elle pouvait cacher.

— Nous voulions la trouver à trois heures, lui dit-on ; nous lui avions dit, pour être plus sûrs, d'être là à deux. Elle y sera à quatre de notre montre.

Il fallut attendre une grande heure.

A mesure que le temps s'écoulait, une angoisse reprenait Berger. Parviendrait-il, si sa femme était là, à l'empêcher de franchir ce pont, passé lequel elle risquait de tomber dans le piège que tend aux hommes la maison des « Blancs Papillons » ?

Que faire ?

Pendant qu'il y songeait on vint lui dire qu'elle était là, de l'autre côté, devant la baraque des sentinelles françaises. C'était si simple ! Il n'y avait pas pensé.

Il se dit :

— C'est peut-être vrai ?

Il prit le pas de course. Il passa le pont. Elle courait à sa rencontre. Ils s'embrassèrent. C'était exactement sur la ligne fictive qui délimitait les deux zones.

On aurait dit une scène de cinéma.

Elle voulait enfin lui parler. Il lui fit signe de se taire : le petit vieux trottait dans la neige comme un rat.

IV

ENVOI

Vous restez tous, et nous sommes à bord, et la planche entre nous est retirée.

Il n'y a plus qu'un peu de fumée dans le ciel, vous ne nous reverrez plus avec vous.

Il n'y a plus que le soleil éternel de Dieu sur les eaux qu'Il a créées.

Nous ne reviendrons plus vers vous.

Paul Claudel, *Ballade.*

Les prisons font, devant leur porte, une ombre longue. Peut-être faut-il parfois toute une vie pour la traverser. La maison des Papillons Blancs avait une ombre extrêmement longue.

La terre promise recule à mesure qu'on en approche. Et si par hasard on la touche, ce n'est plus que la terre obtenue.

A mesure que Berger avançait dans cette ombre elle s'allongeait devant ses pas. Ce fut en sortant de prison qu'il devint prisonnier.

Il revit ses parents. Il embrassa sa mère. Il sut que ses frères étaient vivants. Il retrouva la vieille salle à manger.

Le papier peint de cette pièce ressemblait à ces couvertures faites de bouts d'échantillons cousus ensemble dont les pièces rouges, jaunes, bleues et vertes s'ajustent suivant les décrets d'une géographie compliquée ; on découvrait dans les frontières de chaque couleur des profils de clef de sûreté, et, à l'intérieur, des blasons avec des pièces honorables, des zodiaques et des rébus. Il n'y avait pas deux papiers pareils dans toute la France. Un arlequin, un géomètre, un héraldiste, un serrurier, un astrologue halluciné, un Chinois ivre avaient dû perpétrer ensemble cet instrument de sorcellerie. Une fois de plus Berger perdit ses yeux dans le labyrinthe de ces itinéraires diaprés aussi précis et compliqués, aussi fatigants que ses songes.

Il revit, au crayon Conté, dans le cadre noir à filet d'or, avec le timbre de l'Ecole polytechnique, le Laocoon du grand-oncle se débattant contre les courbes des serpents comme Planier contre son ombre décuplée, le soir où Berger l'avait trouvé dans la voiture.

Il revit, comme dans sa cellule, le portrait du grand-oncle lui-même, et les portraits de tous les grands-oncles, sur les murs, avec leurs barbiches d'un autre âge, leurs tuniques à jupe plissée, leurs corps ébréchés par la France, par l'Italie, par la Crimée, par Saint-Domingue et par ce Mexique lointain où les forêts dissimulaient sous des fleurs, rouges comme des biftecks, des serpents roses comme des ficelles de pâtissier.

Il retrouva l'album irremplaçable du chocolat Félix Potin, plein de rois, de coureurs cyclistes, de négus à foulard, de contrebandiers corses, de cantatrices et de reines en bonnet tuyauté.

Il retrouva le « Couloir du Premier » et la forêt de marronniers de « l'Heure Solennelle et Ombragée » sur laquelle défilaient ses rêves avec la tête de nègre et la main de Fatma.

Dans le couloir il respira l'odeur du pain devant la porte du placard vert qui s'ornait d'un poème du cousin Félicien ; poème étrange, imprimé en anglaise, qui commençait par une hirondelle lithographiée et se terminait par ce vers purement géographique :

« Quai Fulchiron, numéro 21. »

Il retrouva sa place au repas entre le mur et la table carrée, qu'on avançait un peu pour lui. Il y avait juste assez d'espace pour réserver un centimètre entre le mur et le dossier de sa chaise. Il ne pouvait ni reculer, ni s'avancer, ni se renverser. Soudain, il n'y tint plus et repoussa la table : « Je ne peux plus rester comme ça ! »

Sa mère le reprit doucement et voulut le persuader de rester. Il s'y refusa. Sa sœur dut prendre sa place.

Il sentait une réprobation dans l'attitude de ses parents et il souffrait de leur faire de la peine. Mais rien n'eût pu le décider à reprendre cette place étouffante. Ses parents ne pouvaient pas comprendre. Ils n'avaient pas passé chacune des secondes des heures de tant de journées à préserver entre un lieu et leur peau ce dixième de millimètre de jeu qui permet, tant que le poignet ou la cheville ne se fatiguent pas, de se figurer un bref instant que rien ne vous attache.

— Parle plus fort, disait sa mère, on ne t'entend pas.

Il épiait, il se méfiait, il regardait autour de lui avant de parler. Il continuait par habitude à ne rien dire. Il se cachait dans un coin du couloir pour se raconter qu'il était libre. Car il ne croyait plus à la joie comme à une chose qu'on peut tenir, mais seulement comme à une chose qu'on se raconte.

Quand il restait sur une chaise devant le feu, le menton dans ses mains, les mâchoires contractées, le front plissé par une souffrance qui se prolongeait probablement par habitude, sa mère le regardait avec peine.

Elle pensait qu'il était malade. Elle ne comprenait pas qu'il se trouvait heureux et qu'il recensait son bonheur. Il déballait de son étrange foulard ses richesses énigmatiques : la boîte de gruyère, la clef qui ne sert à rien, l'épingle de sûreté, la ficelle défendue qui pouvait désormais lui servir licitement à attacher son pantalon. Et si quelqu'un entrait il ne les cachait pas. C'était sa revanche.

Tous les plaisirs qu'on lui offrait le bousculaient.

— Tu ne réponds pas ? disait sa mère.

Qu'aurait-il répondu ? Qu'aurait-il entendu ? Il était au bonheur suprême de laisser voir à tous qu'il tenait une épingle. Cette épingle lui cachait le monde.

Il sortait le matin avant l'aube pour aller voir le lever du soleil que lui avaient caché pendant des mois des vitres bleues. Il se sentait presque indiscret en assistant, comme à une scène de ménage, à ce grand combat d'opéra que se livraient la lumière du soleil et la lumière de la lune à l'heure où une barre jonquille s'allongeait au-dessus de Pont-Saint-Paul, à l'est, sur les plateaux gelés. Ses pieds glacés, ses mains violettes, sa tête rongée de névralgies, mal protégée par sa casquette de Papillon lui procuraient une somme de souffrance suffisante pour rassurer confusément son cœur instruit d'une leçon qui disait que tout ce qui n'est pas payé trop cher est chose suspecte.

Des hommes vendaient des choses, en bas, dans des magasins irréels, des messieurs parlaient d'hypothèques. Il ne passait plus sur les trottoirs que comme sur une corde raide; ces magasins, ces hommes, ces marchandises lui semblaient loin, soudain, brouillés par la distance; il les voyait à l'horizon...

La nuit tomba. Berger se mit à sa fenêtre. Il vit les feux qui s'allumaient dans les vallées. Une ligne de points jaunes lui signalait une gare. Ces télégrammes, cette écriture d'aveugle, sortis de la nuit, le troublaient. Il contemplait avec perplexité ce pays d'ombres où il était revenu, fidèle à l'inutile consigne d'un fantôme. Et il se sentait pris d'une sorte de vertige.

La nuit avait noyé le pays de son enfance. Un vent glacé soufflait du nord. Il se sentit seul dans ses songes, inexplicable, et vainement perdu dans d'inutiles inventaires. Cette froide nuit de printemps lui apportait une odeur de brouillard, de bois mort, de violette et de vieux tiroir. Un vague parfum de mandarine rôdait au fond de la chambre, comme un souvenir de Noël.

Le ciel était plein de prestiges. Le matin, au-dessus du col, l'aube s'était levée, glacée, lisse, jaune, comme un ruban de soie, contagieuse de cime en cime, et, de l'autre côté, une vieille lune cabossée, jaune aussi, pas tout à fait ronde, usée comme un bijou de famille, traînait encore dans le ciel, ombrée par on ne sait quel marteau; elle avait l'air faite à la main comme les plateaux de cuivre des souks.

Berger revit cette aube étrange, les maisons muettes sur la route, le chemin mort, le ruisseau froid et la buée sur la montagne : il semblait qu'en passant le doigt dessus on ferait transparaıtre le vernis de l'horizon, violet sombre sous le bleu laiteux, comme quand on frotte une prunelle.

Les maisons, amarrées par trois le long du ruisseau, grises et brunes, patinées comme de vieilles barques de pêche, avaient l'air de chasser sur leurs ancres en attendant on ne savait quel départ. Ce port inattendu le déroutait. Et tant de silence... Il songea devant cette marine à sa tante Nancy qui parlait constamment avec autorité de la façon dont elle menait sa barque. Il la vit, volumineuse et couverte de jais, de médaillons de famille, en toilette ouvragée dans cette barque métaphorique sur les eaux gonflées du destin.

Les souvenirs de Berger ne réveillaient dans cette nuit que des morts anciens et timides gênés par l'emphase du trépas.

Ils étaient revenus presque tous dans le chemin, entre le mur du grand jardin et les trois maisons silencieuses. Il y avait une étoile rouge à la lueur intermittente dans un ciel de présage, plein de grands signes et de géométries comme sur les atlas : la Grande Ourse, Orion, Bételgeuse... Du moins leur donnait-il ces noms. Le matin dans le même chemin un gros corbeau était passé, un corbeau de l'histoire romaine, un corbeau de Tite-Live qui volait lourdement, horoscopique et insociable, sans fromage, un corbeau de matin de bataille.

Berger entendit dans ses songes, à travers le fameux sonnet de Heredia que lui rappelait le corbeau romain, le piétinement d'un bataillon sur une route. Des silhouettes noires de chasseurs se découpèrent sur la neige d'Alsace. Il venait de retrouver dans un paquet de lettres la photographie d'un cavalier casqué couvert de courroies, de gros drap, armé d'une cravache, dans la neige. C'était lui. Il ne se reconnut pas. Il reconnut mieux Pantalona. Il se rappela son métier de roulier dans cette Sibérie d'opéra. Pantalona marchait devant les voitures à bâche verte avec un trot qui la secouait des oreilles jusqu'à la queue. On était bien sur la selle d'armes, les genoux calés par les sacoches, le corps bercé, l'esprit ailleurs, les fesses tannées par la valse du trot qui balançait l'immense Pantalona comme la barque de la tante Nancy.

« En traversant bois et prairies, disait une chanson scolaire, on peut rêver à ses amours. » Ils chantaient ça à l'école primaire, en tournant autour de la classe, drapés de tabliers noirs et en frappant du pied, machinaux, entre la carte muette d'Amérique et le tableau sans fantaisie des Mesures de Capacité (la plus jolie était le stère à cause des bûches à tranche jaune qu'il y avait dedans).

C'est comme il plaît à la patrie,
Je n'ai qu'à suivre les tambours...

On n'avait pas de tambours, mais on avait marché. Pour aller où ?...

Ils avaient passé à l'automne dans des bois de sapins semés de grosses fleurs comme dans les contes.

En hiver ils avaient enterré des chevaux gelés que la mort crispait dans des attitudes prétentieuses ; il revoyait leur rictus dédaigneux, leurs poses maniérées, leur ventre gonflé qu'on ouvrait au couteau et qui éclatait avec un bruit de champagne. On les descendait avec des cordes.

Pantalona n'était pas morte. Où était-elle ?...

Planier était mort et tant d'autres... Mais Pantalona survivait. Elle était peut-être prisonnière. Peut-être aussi s'était-elle évadée ? Peut-être courait-elle au milieu d'une prairie avec son profil du Grand Siècle, secouant son rire de vieille dame sur les ruines de la patrie.

Une nuit, sa femme, lui voyant les yeux fixes, les mâchoires serrées, l'air figé, s'inquiéta de ne trouver chez lui aucune réponse.

— Tu ne réponds pas ? lui dit-elle. Tu es là comme un mort...

Il l'écoutait pourtant. Il l'entendait. C'était un rêve qu'il se racontait à lui-même. Il en suivait l'âme sur le plafond qu'éclairait faiblement la veilleuse des jumelles.

— Réponds-moi, répétait sa femme en le secouant, tu ne réponds pas ?... Ne reste pas comme ça. Réponds-moi. Tu as l'air d'un cadavre... Pourquoi ne dis-tu rien ?

— Je ne sais pas, dit Berger. C'est le bonheur.

Et c'était vrai. Mais il l'avait payé trop cher...

Le petit vieux... Les Blancs Papillons...

Il l'avait joué dans une cave, avec sa vie, à qui perd gagne. Et à ce jeu on ne peut pas gagner sans perdre.

Sa femme pleura. Elle lui avait pris la tête entre ses mains. Et il la regardait sans doute, mais il la regardait sans la voir...

Elle se réveilla en sursaut. L'aube était pâle. Elle se rappela le matin où il était parti d'un village. Elle était venue lui dire adieu à sa caserne. Mais ils n'étaient déjà plus là. Elle avait passé la journée à rôder de village en village, sur des indications trompeuses. Finalement elle l'avait trouvé. On venait de les habiller. Les voitures étaient prêtes. Les chevaux mangeaient dans les écuries de fortune de ce village de vignerons. Des épiceries étaient pleines de lumières et des soldats sortaient de partout, rieurs, traînant les pieds, effectuant les derniers achats.

Elle avait pu rester près de lui jusqu'au matin. A l'aube ils s'en étaient allés. Elle revit le pré mouillé, les brouillards blancs, les voitures alignées, les trois chevaux blancs de son attelage, les deux hommes casqués de kaki en haut du siège, le fouet qui effleurait les croupes et la grande silhouette carrée du maréchal des logis, en tête, qui s'ébranla le premier, comme un buffet de cuisine. Des ordres qui chassaient les femmes, et le fracas des grosses roues sur les pavés. Les maris partaient pour la guerre.

Elle emportait à travers la pluie le complet civil de Berger et celui d'un autre soldat, qui lui avait permis de le trouver.

Elle fit ainsi seize kilomètres sous la pluie, de plus en plus loin, de plus en plus petite, les pieds meurtris, jusqu'à la ville, où elle s'était retrouvée toute seule assise dans un restaurant vide qui tout d'un coup s'emplit de soldats. Les hommes roulaient vers l'Alsace. Des femmes pleuraient par-ci par-là.

Elle le chercha à ses côtés. Il n'y était plus. Sa place était encore chaude. Mais déjà, dans son désespoir, elle entendait son pas furtif qui descendait l'escalier sombre.

Il était parti pour ses chasses, pour ses butins immatériels. Il était parti pour partir. Pour le plaisir d'une porte qui s'ouvre. La guerre qui l'avait emmené, ne l'avait pas remmené encore. Elle se demanda ce qui pourrait le sauver.

Berger ne reconnut pas la porte du drapier.

On avait écrit dessus « Débit » et il n'y avait plus de bec de cane. La salle était noire comme la nuit.

La route et la vallée étaient pleines de brouillard. Par la fenêtre à petits carreaux qui creusait dans le mur une niche profonde on discernait la silhouette d'un sorbier et le poteau avec une plaque, qui marque la halte de l'autobus, dans un buisson de fougères encore gris. Sur le bord de la fenêtre il y avait une culotte, des ciseaux, un dé, une aiguille, un cahier d'écolier à couverture rouge avec le Panthéon en noir imprimé dessus. Un plumier montrait sur son couvercle la charge des zouaves à Malakoff. A côté d'une porte vitrée une réclame de Byrrh en fer-blanc repoussé avec une grappe de raisin rappelait à Berger ses nuits de garde en Alsace. Il était entré furtivement, vêtu de son manteau de Papillon et chaussé d'espadrilles brunes. Il flottait dans ce costume étrange.

Le vieux client en chapeau noir qui consommait solitairement l'avait vu avant de l'entendre.

Berger regarda d'un air inquiet autour de lui, s'assit sur un banc près du poêle et commanda un grand café. Il sortit de son foulard la boîte de gruyère, racla des miettes de tabac et fit tomber encore le reste en tapant du doigt sur le fond, roula une mince cigarette et s'absorba longtemps dans la contemplation du Byrrh.

On lui apporta un café. Il en but la moitié lentement. Puis il se rendit à la fenêtre et regarda de tous côtés, le front plissé. Ensuite il revint à sa chaise et présenta ses mains au feu ; il les frotta et resta là un bon moment, pesamment, comme un homme écrasé de fatigue. Il était terriblement maigre. De temps en temps il regardait autour de lui. Le client le vit avec défiance.

Ce petit manteau dans lequel il frissonnait, ses espadrilles, sa chemise kaki et sa cravate de soie lui composaient une silhouette de music-hall qui contrastait avec sa tête jaune, ses joues creuses et son air traqué.

Il disparut par la porte vitrée. L'escalier craqua légèrement. Son pas furtif dans le grenier écrasa des cosses de pois secs. Ensuite il n'y eut plus que du silence.

Le patron entra dans la salle en pantalon rayé, la chemise ouverte sur la poitrine. Le client le regarda avec étonnement en montrant l'escalier par où Berger avait disparu comme dans les coulisses d'un théâtre. Le patron se frappa le front comme pour donner à entendre que ce garçon n'avait pas tous ses esprits.

— Et vous le laissez monter comme ça dans votre grenier ? demanda l'homme. Et s'il met le feu ?

— Oh non ! dit le patron. Il ne fait pas de mal. Mon fils l'a connu au collège. Il venait jouer au billard, quand ils avaient quinze ans, avant que je prenne ici.

— Vous ne l'avez plus, le billard ?

— Si, il est au grenier. Il le regarde, il va voir à la fenêtre. Il s'assied. Je ne sais pas ce qu'il cherche. Il renifle, il tournaille, il s'arrête. C'est comme un chien qui aurait perdu un os.

— Il vient souvent ?

— Non, quelquefois, en passant à vélo. Toujours à des heures impossibles. On ne sait pas ce qui le gratte. L'autre jour il était tombé. Il est arrivé tout boiteux.

A ce moment, silencieux comme une ombre, Berger reparut et s'assit. Le patron sortit. Berger regarda autour de lui.

Il resta un moment absorbé dans ses songes, puis sortit lentement de la poche de son paletot le foulard des « Blancs Papillons » ; c'était une étoffe tout usée, avec une image imprimée et un matricule sur l'étoffe. Il dénoua les quatre coins soigneusement et sortit une fois de plus la boîte de gruyère. Dans le fond, coincées, il y avait deux photos rayées par le sable. Il y ajouta précautionneusement une image qu'il avait dû ramasser dans le grenier ou décoller d'un paquet de réglisse : c'était un colonial de l'époque de Béhanzin, avec le casque et les guêtres blanches, le col de la vareuse ouvert sur la chemise. Le foulard étalé sur la table révéla un carnet de papier à cigarettes, un trousseau de clefs, une croûte de pain, un couteau, plusieurs épingles de sûreté, plusieurs ficelles et un carnet. Il gonflait tous les jours. On ne peut jamais savoir. Il y a des misères qui vous hantent. Berger ouvrit le carnet noir couvert d'une moleskine usée. Il prit des notes. Il écrivait très vite, mais s'arrêtait subitement, les yeux perdus. D'autres fois il gardait sa tête dans ses mains. A deux reprises il se leva et regarda par la fenêtre avec ce même air d'inquiétude que le client lui avait déjà vu. Il alla même ouvrir la porte. Au passage, devant un miroir rond, encadré de noir — avec un filet d'or — qui devait servir à se faire la barbe il s'arrêta un bon moment, ouvrit la bouche, examina ses dents et fit une grimace mécontente. Puis il ferma la porte et revint en haussant les épaules, ramassa son carnet et le jeta dans le fourneau.

Ensuite il s'installa devant le feu et se frotta les mains tranquillement. Le patron rentra en traînant la savate. Il tenait une cuvette à la main.

— On n'est pas mal ici, dit Berger au patron. J'y venais souvent autrefois.

— Je me rappelle bien, dit le patron.

— Je ne reconnais jamais la porte, dit Berger.

— Oui, dit le patron ; du temps de M. Chelle c'était mieux tenu. Moi, que voulez-vous, depuis que j'ai perdu mon fils...

— Il faut que je vous demande quelque chose, lui dit Berger.

— Quoi donc ?

— Venez voir, dit Berger.

Et il l'emmena sous l'escalier de son pas sans bruit.

— Voyez, fit-il.

Et il ouvrit la porte.

Il y avait devant eux une pièce délaissée, au plafond de bois défoncé. Le plancher était couvert de paille. On devait y étaler des fruits. Au fond de la pièce, dans un mur badigeonné au lait de chaux, une cheminée de marbre noir était fermée par un grand papier peint, tendu sur un châssis, qui représentait le Vésuve sur une mer d'un bleu épais, avec toutes sortes d'accessoires napolitains, de pêcheurs, de lazzaroni et de corbeilles d'oranges. Sur la cheminée, contre le mur blanc, une Vierge de mois de Marie et un verre blanc garni de ces fleurs sèches qu'on appelle des monnaies-du-pape.

— N'est-ce pas, dit Berger, ça sent la pomme ?

Il reniflait curieusement cet éther.

Il alla droit à la cheminée, souleva le paravent et prit une clef accrochée derrière. Il ouvrit un grand placard beige et montra au patron surpris une espèce de petit carrosse en terre cuite avec des portes à filet d'or.

— Les portes s'ouvrent, dit-il en riant sans bruit.

Et il fit marcher la portière.

— Vous le voulez ? demanda le patron. S'il ne vous faut que ça...

— Non, dit Berger, il faut le laisser à sa place.

Puis il fit « chut » en souriant, un index posé sur les lèvres, referma doucement la porte du placard et raccrocha la clef derrière le paravent. Dans le foyer de la cheminée il y avait un rouleau d'affiches rouges.

Il en prit une.

— C'est ça que je veux, dit-il.

— Prenez donc, dit le patron. Si vous voulez le paquet...

— Non, une, je vous remercie. Quelle heure est-il ?

— Bientôt sept heures.

— Il faut que je parte.

Il ajouta, un peu ailleurs :

— On ne fait pas assez l'inventaire... On ne sait pas assez tout ce qu'il y a... Tout ce qui reste... Même après tout... Vous ne connaissiez pas le carrosse ?

Il plia soigneusement l'affiche et la glissa dans son manteau.

Il posa lentement quarante sous sur la table, parut méditer un moment, dit : « Au revoir » et partit comme une ombre.

On le vit traverser la route, prendre un vélo et s'enfoncer dans le tournant qui s'effaça vite, derrière le buisson de fougères, la silhouette de ses épaules balancées par la montée.

La patronne qui était arrivée, au bruit de la porte, sur le seuil, rentra avec un hochement de tête.

Au tournant de la Croix Saint-Paul, Berger s'assit et déplia l'affiche. On lisait en gros caractères : *Les Alluvions du Moyen Parané,* conférence géographique de M. Pierre Chelle, de la Ligue coloniale et maritime française.

La conférence de Pierre Chelle, le fils aîné du drapier de Pont-Saint-Paul, avait été un événement. Il l'avait faite un soir d'hiver au Théâtre municipal. On y avait amené tout le collège.

C'était un petit homme à moustache, la tête frisée, l'air un peu étonné, avec des bas cycliste et une culotte bouffante qui faisait hardi à cette époque, sportif et même téméraire : il était habillé comme madame Dieulafoy sur les images des magazines !

Il revenait d'Amérique du Sud. Il avait parlé des tribus, des fétiches et des serpents. Tout le collège l'avait applaudi, Berger lui avait serré la main à la sortie.

Pierre Chelle sentait la rose des vents ; son veston

restait quadrillé d'avoir été jeté dans des pays lointains, sur le réseau des méridiens, des latitudes. Il prouvait le globe terrestre, il prouvait l'aventure. Aujourd'hui il prouvait la maison de Pont-Saint-Paul.

Berger revoyait les soirs d'hiver, et l'affiche rouge, sous le bec de gaz, qui annonçait la conférence avec les noms en grosses lettres noires. Un coin battait, décollé par le vent... Les collégiens passaient devant, le jour de la promenade. C'était l'endroit où ils croisaient généralement les élèves de l'Ecole supérieure de jeunes filles. Elles portaient des chapeaux de feutre bleu, et pouffaient en passant près d'eux avec des rires qui secouaient leurs épaules et des chuchotements mystérieux. La demoiselle qui les conduisait portait un boa de plumes de coq que le vent secouait comme un cordon de sonnette, une espèce de boa frivole et désolé dont l'agitation serpentine mêlait encore dans le souvenir de Berger sa sinusoïde frissonnante au goût âpre et profond de ces jeudis d'hiver sous les tilleuls des allées Lombescure. A ce seul nom il revoyait le principal battre la semelle d'un pied aventureux autour du petit kiosque à musique qui dessinait à l'encre de Chine dans la neige jaune son profil de chapeau chinois ; les arabesques des bancs verts à pieds de fonte ; le feu du maréchal-ferrant ; et ce grand vent, venu du nord, qui les gelait dans leurs capotes comme à la guerre, et ces espoirs injustifiables qui traînaient au fond de la petite ville, comme un parfum dans un coffret, autour du Mail, autour de la Mairie, tous ces bonheurs, tous ces rayons de soleil qui doraient d'une caresse la pâtisserie Suchargues et la quincaillerie Personnel...

... Tous ces bonheurs qui le tourmentaient encore,

qu'il avait respirés en 1939 dans le vent glacé des plaines d'Alsace ; pour lesquels il avait traîné, le soir, sur les chevaux fatigués, avec les mêmes gros gants et les mêmes grosses capotes ; et qui montaient en croupe, au coucher du soleil, derrière lui, comme des voleurs ou comme des écuyers fidèles, et qui l'empêchaient de dormir. Il les avait promenés dans les forêts de sapins, comme une fête d'ombres et de feux follets ; ils grimpaient sur les marchepieds ; ils escaladaient les voitures ; ils attendaient les soldats à l'étape quand ils dételaient leurs chevaux ; c'étaient leurs postillons fidèles ; ils s'endormaient près d'eux, ils sautaient dans leurs sacs ; ils s'asseyaient à côté d'eux sur les hauts sièges des voitures et les poussaient du coude quand ils allaient dormir.

Le destin, qui avait pris les rênes, les avait chassés à coups de fouet à la porte de la prison avec le sourire amollissant des femmes.

Ils étaient revenus pourtant, carnaval dispersé, à leurs anciens postes de guette, et quand on les retrouvait au coin d'une rue ou dans la pièce où sèchent les pommes, ils vous parlaient.

Berger plia l'affiche en seize et la fit entrer dans le foulard, avec l'épingle et la ficelle.

Il ne put jamais retrouver le secret de Planier. Il oubliait petit à petit d'y penser. Mais de temps en temps il se souvenait de cette énigme et s'étonnait de son aventure. Mais il désespérait d'en trouver le dernier mot. Un jour il entra dans une église. C'était une heure où d'ordinaire on n'y trouvait encore personne : un cierge allumé, tout au plus, une femme en noir sur un prie-Dieu, et un saint rouge et vert dans un vitrail gothique, portant une épée et une châsse, au bord d'une mer bleu foncé.

Ce matin-là la nuit était mouchetée de papillons d'or par les lumières, et au milieu de la nef se dressait un catafalque. Des enfants de chœur vêtus de noir passaient dans les zones de lumière et disparaissaient dans les ombres, le *Dies Irae* grondait dans la marée des orgues. On discernait sur un fond d'or au-dessous des voûtes, dans la pénombre, des rois qui rendaient la justice, des croisés qui prenaient la mer, des nefs rondes et des bannières à croix rouge gonflées par un vent solennel.

Berger sentit cet apaisement qu'il éprouvait depuis l'histoire de l'ampoule bleue devant le spectacle de toutes les morts qui assurent à leur victime une place dans un endroit connu et l'amitié de quelques personnes. Il revit sa cellule, sa cave, son lit dressé, la chaise dessus, le petit vieillard de complainte qui passait et repassait derrière les barreaux comme un balancier de pendule, et cette mort sans savoir parfaitement pourquoi qui le priverait de la moindre fleur et peut-être même d'une croix sur sa tombe. Qu'il avait envié, sans le connaître, l'homme qui était étendu là ! Il pria pour cette âme heureuse.

Un petit vieillard était à côté de lui, tout chauve, avec un cou tout maigre et rouge qui sortait d'un col de velours comme un cou de coq, sous les cheveux blancs qui limitaient sa longue calvitie. Il avait un prie-Dieu, un melon, un gros livre. Il n'était pas venu là pour la forme. Il travaillait sans cesse avec ces trois objets, se donnait du mal et se fatiguait pour la journée, avec un air correct et grave qui inspirait de l'amitié. Il priait en remuant les lèvres, presque à haute voix, comme les sourds, tournait le prie-Dieu, le retournait, lisait son livre, changeait de page, posait le melon sur la chaise, le mettait sur ses genoux quand il se rasseyait. Avec le melon, le livre, la chaise, avec les mains, avec la bouche, avec les genoux, il travaillait activement pour le mort, il avait l'air d'être venu là pour s'occuper d'une action laborieuse. Il sortit de l'argent, referma sa veste, son pardessus, posa son melon, le reprit, partit d'un pas branlant pour l'offrande et en revint comme d'une longue marche fatigante. Quand il eut repris respiration, il sortit un gros chapelet, et Berger l'entendait marmonner des *Ave* derrière la grosse moustache blanche qui descendait jusqu'au-dessous des lèvres. Rien ne lui faisait tourner la tête. On eût dit qu'il pensait ne jamais pouvoir donner assez de mal à son corps, pendant qu'on sentait son esprit absorbé par une pensée qui préservait la dignité de ce corps déchu tout occupé de volumineux détails physiques : le gros livre, le gros chapelet, le gros melon, la grosse chaise, qui se trouvaient tantôt dans un ordre, tantôt dans l'autre, et tantôt autrement, comme pour essayer de parvenir à un équilibre parfait difficilement accessible, à la meilleure combinaison possible pour préparer l'entrée d'une âme au paradis. Et Berger se sentit ému de voir ainsi les gens travailler de tout leur corps et de tout leur cœur pour un mort.

— Qui enterre-t-on ? demanda-t-il à voix basse, en se penchant vers le vieux monsieur.

Le petit vieillard ferma son livre, enleva son lorgnon, se retourna légèrement, se haussa vers Berger et lui dit à l'oreille, derrière la main, avec une voix de sourd qui fit retourner trois dames :

« C'est l'enterrement de M. Planier.

Il ajouta :

— Sept heures et demie. C'est tôt pour les personnes âgées. Mais M. le Vicaire part à neuf heures pour le pèlerinage.

— Ah ! dit Berger.

Il eût voulu poser encore quelques questions.

Mais déjà le vieux monsieur rajustait son lorgnon, rouvrait son livre et s'enfonçait dans ses prières. De longs poils gris qui sortaient de ses oreilles lui prêtaient un air animal.

Berger ne poussa pas son enquête plus loin.

Il revit le camp du premier soir, le tirailleur qui imitait le rossignol, la cellule, les profondes salles, le petit vieillard contre le mur de plâtre. Planier mourait, revenait, mourait sans qu'il en comprît la raison. Planier vivait dans la logique des Papillons. Ce n'était pas à Berger à lui en faire un reproche : il était beaucoup plus troublé par la folie du monde réel. Planier vivait dans l'Ombre Longue ; on y entre, on en sort, on meurt ou on existe, comme les moustiques dans un rayon de soleil qui filtre dans une chambre à travers les persiennes.

La maison des Blancs Papillons se découpait dans le ciel avec ses vitres bleues. A mesure que Berger avançait, son ombre à elle avançait davantage.

Souvent il insultait ses chevaux paresseux et criait : « Allez hop ! » en rêve. Mais l'ombre allait plus vite qu'eux...

Il entendait des voix qui l'appelaient dans l'ombre aux heures où le monde fait silence et où nous devenons la proie de nos douleurs les plus familières. Il tournait doucement ses poignets et ses chevilles dans des « bracelets » imaginaires... Il retrouvait sur la page blanche du plafond certaines des histoires étonnantes qu'une insomnie sans rémission peut raconter à un homme attaché. Il retrouvait cette habitude d'une patience qui fait penser que Pénélope en a manqué, ce besoin de chasser la souffrance pire encore ; ce besoin de records qui pousse un cerveau surmené à chasser l'horreur par l'horreur, en acceptant de souffrir le pire parce qu'après ça il n'y aura rien à dépasser.

— Et s'il fallait le refaire, disait une voix secrète sachant ce qui doit en résulter ?

— J'aimerais mieux..., répondait Berger, j'aimerais mieux...

— *S'il fallait* le refaire ?

Il n'osait pas répondre. Et la voix insistait.

— S'il fallait ?

— Tout ?

— Oui, tout. La mort...

— La mort n'est rien.

— Les liens...

— Les liens ça va.

— Les hallucinations...

Il n'osait plus répondre.

— Oui, après tout, les hallucinations.

— Les sueurs ?

— Les sueurs.

— Pas les sueurs ordinaires... Tu sais celles que je veux dire... Celles qui vous prennent quand on n'a pas dormi, quand toute question est sans réponse, quand on voit que le monde délire et quand il faut choisir d'admettre qu'il y en a un des deux qui est fou.

— Celles-là aussi, dit Berger, se retournant sur son oreiller.

Et il poussa un gémissement.

— La méfiance, le silence, le mensonge de toute chose...

— Oui, répondit-il dans un souffle.

— Et tout le reste...

— Quel reste ? dit-il.

Il faisait semblant de ne pas savoir. Il gagnait ainsi une seconde. Peut-être d'ici là la voix s'apaiserait-elle.

Et la voix répondit :

— Les choses qui n'ont pas de nom.

Il attendit quelques secondes. Puis il dit oui.

— Tu dirais oui ?

— Je me dépêcherais de dire oui.

— Tu dirais oui ?

— Je dirais oui.

— Tu as bien réfléchi ?

— Je ne veux pas réfléchir. Je dirais oui sans réfléchir. Je dirais oui tout de suite.

— Tu dirais oui ?

— Je dirais oui, dit Berger pour la cinquième fois.

Il se réveilla, en sursaut, maudissant ces voix impudiques.

Qui est-ce que ça regarde ? pensa-t-il hostilement.

Les gens se plaignaient d'avoir des tickets de sucre et faisaient la queue pour acheter des pastilles !... Son lyrisme était ridicule.

— Je suis bien un fou, se dit-il, je suis bien un fou.

Sa femme dormait ; dans la pièce voisine, il entendait par la porte entrouverte le souffle de ses deux jumelles attelées parallèlement dans leur lit, au sommeil.

Figaro l'ours était assis sur le lavabo et, pris par la veilleuse dans un jeu d'éclairage, regardait d'un air vide avec ses yeux en boutons de bottine les deux robes des petites filles sur le dossier d'une chaise. L'aube qui passait par les fentes des volets, atteignait sur la table une fleur de pissenlit qu'elles avaient mise dans une bouteille d'encre à stylo, une barre de nickel et les *Mémoires d'un Ane.*

Il sentit encore une fois se desserrer la main qui l'avait attrapé au soixantième kilomètre. Il s'aperçut que sa joue était mouillée. Il poussa un soupir de bien-être, se retourna et s'endormit.

C'était la première fois qu'il dormait après l'aube et qu'il revoyait ses jumelles.

Le lendemain il acheta pour Figaro un pardessus de cérémonie taillé dans un satin Louis XVI à fleurettes largement rayé blanc et vert, avec des boutons de cristal, et un haut-de-forme fantaisie.

Il continua longtemps ses chasses.

Un soir, passant dans la rue d'un faubourg qui sentait le tan et la futaille, il vit une porte par laquelle il était entré bien souvent dans son enfance. Il y avait au plus haut étage l'ancien appartement de la tante Nancy.

La vieille maison était pleine de surprises. A chaque palier du large escalier de bois on trouvait une profonde fenêtre à petits carreaux et des placards ronds à moulures. En haut il devait y avoir une carte de France. C'était ce détail qu'il voulait vérifier.

Son cœur battit quand il trouva la place. Il revoyait tous les détails du vieux papier, ses couleurs passées, les titres, les crochets des départements, les yeux ronds des grandes villes, les varices de la Seine et la ligne si personnelle de la côte française avec la Bretagne furieuse, pareille à une tête de chien, la gueule ouverte et la langue pointée. Autour il devait y avoir les soldats de cette époque, le zouave, l'artilleur, le colonial, le fantassin et le spahi en manteau rouge. Mais l'ombre épaisse ne permettait pas de les voir.

Il fit craquer une allumette et il ne put en croire ses yeux. On lui avait changé sa carte. Il n'y avait là qu'une France hâtivement dessinée, sans ornement, sans rêve, sans bienveillance, et coupée brutalement à la hauteur du ventre par une démarcation qui limitait deux zones : au nord une verte, au sud une rose, d'une couleur tristement chimique. Une carte qui n'était qu'un vague renseignement, et un renseignement funèbre.

L'allumette s'était éteinte. Il n'osa pas la rallumer. Le coup l'avait atteint aussi droit que le spectacle des deux femmes qui les regardaient passer, au bras des Allemands, le soir de leur défaite, sur la route.

Au fond de la cour, par la fenêtre, il vit les pigeons d'autrefois qui se promenaient sur les dalles, le fagotier, les tristes fenêtres noires derrière lesquelles des femmes résignées penchaient des visages de cire sur d'interminables ouvrages de dentelles.

Au-delà de la cour des toits fumaient, la nuit tombait, un clairon sonnait quelque part. L'odeur du tan et des futailles montait plus fort. Il se sentit triste à pleurer. La défaite violait jusqu'à son enfance. Il n'y avait plus rien à sauver.

Dans la rue, sous un bec de gaz, des écoliers chantaient une ronde qui parlait de robes de bal et d'enfants obstinés, d'une barque d'or, d'une noyade et de grands malheurs. Assise sur le pas d'une porte, une petite fille mangeait sa soupe. Un cheval pommelé rentrait tout seul au pas par une porte ténébreuse. Une fenêtre s'allumait au sommet de la tour Saint-Gilles.

Berger prit le train, s'habilla comme tout le monde et vécut d'un emploi normal.

Un soir, comme il était assis à la terrasse d'un café du chef-lieu, il vit passer un homme qui ressemblait à Planier.

— Voilà que ça recommence, pensa-t-il.

Il regarda autour de lui. Il y avait encore deux couples et un monsieur en complet de flanelle. Il craignait d'être ridicule.

— Tant pis, se dit-il. Je veux en avoir le cœur net.

— Planier ! appela-t-il.

L'homme se retourna. S'il avait eu les joues moins creuses, les cheveux moins gris, la ressemblance eût été criante. C'étaient ce regard rieur et cette allure tranquille...

— Berger ! fit-il.

C'était Planier.

— Je te croyais mort, avoua Berger.

Planier tendit sa main osseuse. Il s'installa.

Berger allait enfin savoir.

— Avant tout, lui dit-il, ne t'étonne pas de ma question. Te rappelles-tu quand nous nous sommes vus à « la Baraque » ? Tu dois te souvenir, tu y venais rarement.

— Oui, dit Planier, il y avait Tisserand.

— C'est ça, dit Berger; ce jour-là tu m'avais confié je ne sais quoi en me demandant de ne jamais le dire.

— C'est bien possible.

— Qu'était-ce donc ? Voilà un an que je ne peux pas me le rappeler.

— Ma foi, dit Planier, moi non plus. Il faut croire que ce n'était pas bien grave.

— Ah ! dit Berger.

Il revit la cellule, l'ampoule bleue, le petit vieillard. Sa décision de mourir était due presque toute au besoin d'être sûr de ne jamais trahir un secret qui devenait soudain si futile que Planier ne le connaissait même plus.

— Pourquoi ? demanda Planier.

— Une idée..., dit Berger en esquissant un geste vague. J'avais rattaché ça bêtement à d'autres choses...

Et ils abordèrent d'autres sujets.

Planier partit.

Berger resta à la terrasse. Derrière les feuilles des marronniers qui froissaient doucement leurs mains noires, les étoiles s'éteignaient d'un coup et s'allumaient ailleurs, plus belles. Berger revit les nuits d'Afrique où elles prenaient tant d'importance, de calme et de sérénité.

C'était le premier soir qui conjurât ses ombres.

Il pensait à ses deux jumelles, à sa femme et à Figaro assis au bord du lavabo dans une redingote à raies vertes.

Et il sourit comme à une fête.

Il n'y avait plus que la France, hélas...

Un grand cheval sournois sortait de l'ombre, en face, sous la voûte des marronniers, comme Pantalona du bosquet de « l'Heure Solennelle et Ombragée ». Il portait un petit chapeau de paille et tirait un fiacre ouvragé couvert d'un parasol à franges. Le cocher avait l'air d'être sur un balcon. Il rangea son attelage au bord de la terrasse.

Berger se leva, claqua la bête sur la croupe. Elle lança une ruade. C'était encore une de ces garces de juments mélancoliques.

Berger s'assit sous le parasol, croisa ses jambes :

— Allez hop ! dit-il en riant. Il avait donné son adresse. Il allait revoir les jumelles. Il avait conjuré les ombres. Tous les espoirs lui étaient permis.

Il lui restait un mauvais goût de s'être tué dans cette cave pour une consigne imaginaire. Il décida de changer de souvenirs.

Derrière lui, dans le café, un pourboire en petites pièces de monnaie tombait dans une soucoupe blanche avec un bruit de douilles de cartouches entrechoquées. Il pouvait se permettre tous les rêves.

Il se trouvait au coin d'une route en dévers. Un petit vent faisait frémir l'herbe, à ras du regard. Il voyait trois bleuets au coin d'un champ de blé. Le ciel était d'un bleu splendide. Duhourceaux lui avait confié la mitrailleuse. Il la vidait du geste nécessaire. Les copains étaient avec lui ; chacun avait son mousqueton et chacun avait ses cartouches. Il venait de boire un quart de vin. Il ne manquait pas de cigarettes. Sa femme lui avait écrit la veille. Toute sa famille se portait bien. Tout lui prouvait que sa femme était vivante, que ses filles n'étaient pas mortes, que sa patrie s'en tirerait. Et, avant que quoi que ce fût pût lui démontrer le contraire, dans l'exercice de son métier, une balle bien ajustée lui procurait avec logique cette mort qu'il avait dû demander comme une excuse à une cave de mélodrame et aux consignes d'un fantôme.

C'était Malard, qui enterrait si bien les chevaux, qui lui creusait lui-même sa tombe, dans un sol ni sec ni humide, qui était facile à perforer, et pour une fois ce n'était pas lui qui était de corvée. Et Charnoz, qui avait le sens de l'art, ajoutait même une croix de bois, pour la prière, et un bleuet, pour l'amitié.

DU MÊME AUTEUR

Aux Éditions Gallimard

BATTLING LE TÉNÉBREUX, *roman.*

LES FRUITS DU CONGO, *roman.*

Chez d'autres éditeurs

Nouvelles :

BADONCE ET LES CRÉATURES

Voyages :

L'AUVERGNE ABSOLUE

Chroniques choisies par Ferny Besson :

DERNIÈRES NOUVELLES DE L'HOMME

ET C'EST AINSI QU'ALLAH EST GRAND

L'ÉLÉPHANT EST IRRÉFUTABLE

ALMANACH DES QUATRE SAISONS

COLLECTION FOLIO

Dernières parutions

1411.	Karen Blixen	*Contes d'hiver.*
1412.	Jean Racine	*Théâtre complet,* tome I.
1413.	Georges Perec	*Quel petit vélo à guidon chromé au fond de la cour ?*
1414.	Guy de Maupassant	*Pierre et Jean.*
1415.	Michel Tournier	*Gaspard, Melchior & Balthazar.*
1416.	Ismaïl Kadaré	*Chronique de la ville de pierre.*
1417.	Catherine Paysan	*L'empire du taureau.*
1418.	Max Frisch	*Homo faber.*
1419.	Alphonse Boudard	*Le banquet des Léopards.*
1420.	Charles Nodier	*La Fée aux Miettes,* précédé de *Smarra* et de *Trilby.*
1421.	Claire et Roger Quilliot	*L'homme sur le pavois.*
1422.	Philip Roth	*Professeur de désir.*
1423.	Michel Huriet	*La fiancée du roi.*
1424.	Lanza del Vasto	*Vinôbâ ou Le nouveau pèlerinage.*
1425.	William Styron	*Les confessions de Nat Turner.*
1426.	Jean Anouilh	*Monsieur Barnett,* suivi de *L'orchestre.*
1427.	Paul Gadenne	*L'invitation chez les Stirl.*
1428.	Georges Simenon	*Les sept minutes.*
1429.	D. H. Lawrence	*Les filles du pasteur.*
1430.	Stendhal	*Souvenirs d'égotisme.*
1431.	Yachar Kemal	*Terre de fer, ciel de cuivre.*

1432.	James M. Cain	*Assurance sur la mort.*
1433.	Anton Tchekhov	*Le Duel* et autres nouvelles.
1434.	Henri Bosco	*Le jardin d'Hyacinthe.*
1435.	Nathalie Sarraute	*L'usage de la parole.*
1436.	Joseph Conrad	*Un paria des îles.*
1437.	Émile Zola	*L'Œuvre.*
1438.	Georges Duhamel	*Le voyage de Patrice Périot.*
1439.	Jean Giraudoux	*Les contes d'un matin.*
1440.	Isaac Babel	*Cavalerie rouge.*
1441.	Honoré de Balzac	*La Maison du Chat-qui-pelote, Le Bal de Sceaux, La Vendetta, La Bourse.*
1442.	Guy de Pourtalès	*La vie de Franz Liszt.*
1443.	***	*Moi, Christiane F., 13 ans, droguée, prostituée...*
1444.	Robert Merle	*Malevil.*
1445.	Marcel Aymé	*Aller retour.*
1446.	Henry de Montherlant	*Celles qu'on prend dans ses bras.*
1447.	Panaït Istrati	*Présentation des haïdoucs.*
1448.	Catherine Hermary-Vieille	*Le grand vizir de la nuit.*
1449.	William Saroyan	*Papa, tu es fou !*
1450.	Guy de Maupassant	*Fort comme la mort.*
1451.	Jean Sulivan	*Devance tout adieu.*
1452.	Mary McCarthy	*Le Groupe.*
1453.	Ernest Renan	*Souvenirs d'enfance et de jeunesse*
1454.	Jacques Perret	*Le vent dans les voiles.*
1455.	Yukio Mishima	*Confession d'un masque.*
1456.	Villiers de l'Isle-Adam	*Contes cruels.*
1457.	Jean Giono	*Angelo.*
1458.	Henry de Montherlant	*Le Songe.*
1459.	Heinrich Böll	*Le train était à l'heure* suivi de quatorze nouvelles.
1460.	Claude Michel Cluny	*Un jeune homme de Venise.*
1461.	Jorge Luis Borges	*Le livre de sable.*
1462.	Stendhal	*Lamiel.*
1463.	Fred Uhlman	*L'ami retrouvé.*

1464.	Henri Calet	*Le bouquet.*
1465.	Anatole France	*La Vie en fleur.*
1466.	Claire Etcherelli	*Un arbre voyageur.*
1467.	Romain Gary	*Les cerfs-volants.*
1468.	Rabindranath Tagore	*Le Vagabond et autres histoires.*
1469.	Roger Nimier	*Les enfants tristes.*
1470.	Jules Michelet	*La Mer.*
1471.	Michel Déon	*La Carotte et le Bâton.*
1472.	Pascal Lainé	*Tendres cousines.*
1473.	Michel de Montaigne	*Journal de voyage.*
1474.	Henri Vincenot	*Le pape des escargots.*
1475.	James M. Cain	*Sérénade.*
1476.	Raymond Radiguet	*Le Bal du comte d'Orgel.*
1477.	Philip Roth	*Laisser courir,* tome I.
1478.	Philip Roth	*Laisser courir,* tome II.
1479.	Georges Brassens	*La mauvaise réputation.*
1480.	William Golding	*Sa Majesté des Mouches.*
1481.	Nella Bielski	*Deux oranges pour le fils d'Alexandre Lévy.*
1482.	Pierre Gripari	*Pierrot la lune.*
1483.	Pierre Mac Orlan	*A bord de L'Etoile Matutine.*
1484.	Angus Wilson	*Les quarante ans de Mrs. Eliot.*
1485.	Iouri Tynianov	*Le disgracié.*
1486.	William Styron	*Un lit de ténèbres.*
1487.	Edmond Rostand	*Cyrano de Bergerac.*
1488.	Jean Dutourd	*Le demi-solde.*
1489.	Joseph Kessel	*La passante du Sans-Souci.*
1490.	Paula Jacques	*Lumière de l'œil.*
1491.	Zoé Oldenbourg	*Les cités charnelles ou L'histoire de Roger de Montbrun.*
1492.	Gustave Flaubert	*La Tentation de saint Antoine.*
1493.	Henri Thomas	*La vie ensemble.*
1494.	Panaït Istrati	*Domnitza de Snagov.*
1495.	Jean Racine	*Théâtre complet,* tome II.
1496.	Jean Freustié	*L'héritage du vent.*
1497.	Herman Melville	*Mardi.*
1498.	Achim von Arnim	*Isabelle d'Egypte* et autres récits.

1499.	William Saroyan	*Maman, je t'adore.*
1500.	Claude Roy	*La traversée du Pont des Arts.*
1501.	***	*Les Quatre Fils Aymon ou Renaud de Montauban.*
1502.	Jean-Patrick Manchette	*Fatale.*
1503.	Gabriel Matzneff	*Ivre du vin perdu.*
1504.	Colette Audry	*Derrière la baignoire.*
1505.	Katherine Mansfield	*Journal.*
1506.	Anna Langfus	*Le sel et le soufre.*
1507.	Sempé	*Les musiciens.*
1508.	James Jones	*Ce plus grand amour.*
1509.	Charles-Louis Philippe	*La Mère et l'enfant. Le Père Perdrix.*
1510.	Jean Anouilh	*Chers Zoiseaux.*
1511.	Stevenson	*Dans les mers du Sud.*
1512.	Pa Kin	*Nuit glacée.*
1513.	Leonardo Sciascia	*Le Conseil d'Egypte.*
1514.	Dominique de Roux	*L'Harmonika-Zug.*
1515.	Marcel Aymé	*Le vin de Paris.*
1516.	George Orwell	*La ferme des animaux.*
1517.	Leonardo Sciascia	*A chacun son dû.*
1518.	Guillaume de Lorris et Jean de Meun	*Le Roman de la Rose.*
1519.	Jacques Chardonne	*Eva ou Le journal interrompu.*
1520.	Roald Dahl	*La grande entourloupe.*
1521.	Joseph Conrad	*Inquiétude.*
1522.	Arthur Gold et Robert Fizdale	*Misia.*
1523.	Honoré d'Urfé	*L'Astrée.*
1524.	Michel Déon	*Le Balcon de Spetsai.*
1525.	Daniel Boulanger	*Le Téméraire.*
1526.	Herman Melville	*Taïpi.*
1527.	Beaumarchais	*Le Mariage de Figaro. La Mère coupable.*
1528.	Jean-Pierre Chabrol	*La folie des miens.*
1529.	Bohumil Hrabal	*Trains étroitement surveillés.*
1530.	Eric Ollivier	*L'orphelin de mer.*
1531.	William Faulkner	*Pylône.*

1532.	Claude Mauriac	*La marquise sortit à cinq heures.*
1533.	Alphonse Daudet	*Lettres de mon moulin.*
1534.	Remo Forlani	*Au bonheur des chiens.*
1535.	Erskine Caldwell	*Le doigt de Dieu.*
1536.	Octave Mirbeau	*Le Journal d'une femme de chambre.*
1537.	Jacques Perret	*Roucou.*
1538.	Paul Thorez	*Les enfants modèles.*
1539.	Saül Bellow	*Le faiseur de pluie.*
1540.	André Dhôtel	*Les chemins du long voyage.*
1541.	Horace Mac Coy	*Le scalpel.*
1542.	Honoré de Balzac	*La Muse du département. Un prince de la bohème.*
1543.	François Weyergans	*Macaire le Copte.*
1544.	Marcel Jouhandeau	*Les Pincengrain.*
1545.	Roger Vrigny	*Un ange passe.*
1546.	Yachar Kemal	*L'herbe qui ne meurt pas.*
1547.	Denis Diderot	*Lettres à Sophie Volland.*
1548.	H. G. Wells	*Au temps de la comète.*
1549.	H. G. Wells	*La guerre dans les airs.*
1550.	H. G. Wells	*Les premiers hommes dans la Lune.*
1551.	Nella Bielski	*Si belles et fraîches étaient les roses.*
1552.	Bernardin de Saint-Pierre	*Paul et Virginie.*
1553.	William Styron	*Le choix de Sophie.*
1554.	Florence Delay	*Le aïe aïe de la corne de brume.*
1555.	Catherine Hermary-Vieille	*L'épiphanie des dieux.*
1556.	Michel de Grèce	*La nuit du sérail.*
1557.	Rex Warner	*L'aérodrome.*
1558.	Guy de Maupassant	*Contes du jour et de la nuit.*
1559.	H. G. Wells	*Miss Waters.*
1560.	H. G. Wells	*La burlesque équipée du cycliste.*
1561.	H. G. Wells	*Le pays des aveugles.*

1562. Pierre Moinot — *Le guetteur d'ombre.*
1563. Alexandre Vialatte — *Le fidèle Berger.*
1564. Jean Duvignaud — *L'or de la République.*
1565. Alphonse Boudard — *Les enfants de chœur.*
1566. Senancour — *Obermann.*
1567. Catherine Rihoit — *Les abîmes du cœur.*
1568. René Fallet — *Y a-t-il un docteur dans la salle ?*
1569. Buffon — *Histoire naturelle.*
1570. Monique Lange — *Les cabines de bain.*
1571. Erskine Caldwell — *Toute la vérité.*
1572. H. G. Wells — *Enfants des étoiles.*
1573. Hector Bianciotti — *Le traité des saisons.*
1574. Lieou Ngo — *Pérégrinations d'un clochard.*
1575. Jules Renard — *Histoires naturelles.*
1576. Pierre Mac Orlan — *Le bal du Pont du Nord* suivi de *Entre deux jours.*

Impression Bussière à Saint-Amand (Cher),
le 7 mai 1984
Dépôt légal : mai 1984
Numéro d'imprimeur : 542

ISBN 2-07-037563-3/Imprimé en France.